단어가

내려온다

단어가 내려온다

오정연 소설집

어브N

나의 멋진 계절, 여름과 봄에게

마지막

로그

D-6

이게 오션뷰라고? 말이 좋아 파셜뷰지, 통유리 절반은 주차장 뷰 아닌가. 돈을 더 모을 시간이 있었다면 스위트룸도 갈 수야 있었겠지. 내가 지불한 금액이 누릴 수 있는 서비스의 범위를 결정하는 세상이었다. 나에게 제공된 서비스가 그 범위의 위쪽 경계에 얼마나 가까운지 매번 신경이 쓰였다. 조금이라도 더 상위의 무언가를 누리기 위해 기를 썼다. 그 모든 피로감도 조만간 안녕.

그렇게 생각하니 기분이 조금 나아졌다. 상황은 더 나쁠 수도 있었다. 반년 전 별이가 떠났을 때 황망한 마음으로 덜컥 결정했다면, 반쪽짜리 제주 바다는커녕 UHD 화면에 펼쳐진 와이키키 해변을 봐야 했을 테니.

시간과의 싸움이었다. 칠흑 같은 어둠이 나를 집어삼키는 것보다 더 빨리 돈을 벌어야 했다. 조금이나마 나은 탈출 옵션을 선택하고 싶다면 주저앉을 수 없었다. 나 자신에게 마지막으로 생애 최고의 일주일을 주고 싶었다. 한 번쯤은 그런 선물을 받고 싶었다.

오후 햇살이 비스듬히 기댄 침대맡에 별이 사진이 담긴 액자를 놓자 마음이 순해졌다. 여름이면 그나마 시원한 곳을, 겨울이면 빛이 드는 곳을 귀신같이 알아보던 별이. 반지하 큐브를 비추던 약간의 햇살 속에서 먼지 잡기에 골몰하다가도 이름을 부르면 어김없이 스윽 돌아보던 녀석. 녀석의 모습이 사진 속에 아로새겨져 있었다. 고마워, 별아. 네 덕분에 내가 여기까지 왔어. 우리가 여기 이렇게 함께 있어.

똑, 똑, 똑, 정확하게 같은 간격으로 문 두드리는 소리가 났다. 담당 안드로이드인가.

"안녕하세요. 실버라이닝에 오신 걸 환영합니다. A17-13님을 담당할 조이입니다."

단순노동 안드로이드가 아니었다. 카페 옆 테이블 손님으로 잠시 말을 섞었다면 별생각 없이 인간이라 여겼을 것이다. 낮으면서도 얇은 목소리, 당당하지만 선이 가는 체형, 호감형의 얼굴과 숏컷…. 성별은 알 수 없었다. 안드로이드 상용화 초기, 양성평등 논쟁을 피하기 위해 무성 혹은 중성으로 안드로이드를 제조했다고 로봇의 역사에 관한 책에서 읽은 기억이 났다. 그렇다면 나와 동년배인가. 10년 전 주차장에서 발견한 별이를 병원에 데려갔을 때, 묘생 10년이면 인간 나이로는 예순쯤 됐다는 얘길

들었다. 인생의 마지막 일주일을 보내러 온 곳에서도 폐기 시점에 가까운 1세대 안드로이드를 만난 셈이다.

"본인 확인을 위해 태블릿에 엄지손가락을 대주시길 부탁드립니다. 생년월일도 말씀해주시면 감사하겠습니다."

어디선가 봤던 안드로이드 판별법이 생각났다. 마주친 눈을 3초 후에 돌리면 틀림없다고.

"2038년 11월 3일."

그가 내민 태블릿이 내 지문을 인식하고도 얼마간의 시간이 흐르고, 정확히 3초 만에 시선을 돌리며 대답한 건 나였다.

"예약 내용 확인하겠습니다."

목적이 분명한 휴지를 두고 조이는 다시 말을 이었다.

"실행일은 2078년 10월 5일 일몰 시입니다. 일주일 코스이고, 약물 주사를 통한 조력 자살 방식을 택하셨습니다. 동행인이나 사후 연락을 취할 가족 없으시고 하루 세 끼 치 식사와 함께 부가 서비스로 라이프 리뷰와 함께 대체 현실 1시간 체험 2회, 그리고 아카이빙을 선택하셨습니다. 별도의 의료 서비스는 신청하신 대로 실행 직전까지 제공될 것입니다. 1형 당뇨병 환자로, 연속혈당측정기능 스마트 기기 요청하셨고, 필요시 인슐린을 복용하셔야 합니다. 이상 있나요?"

베테랑 바리스타가 주문을 확인하듯 군더더기 없는 태도였다.

고개를 끄덕이는 내 모습을 확인한 조이가 방문을 열며 말했다.

"그럼 시설 투어를 시작할까요?"

모든 서비스를 인간이 제공하는 최고급 시설을 제외하면, 실버라이닝은 안락사 기관 중에서도 가장 고급 레벨에 속했다. 그러나 극심한 스트레스를 동반하는 것으로 알려진 안락사 보조 서비스에서까지 인간의 '손길'을 느끼는 것은 절대 사절이었다. 대신 내 마음에 들어온 것이 값비싼 인공 공기 청정 구역에 자리한 실버라이닝이었다. 아니나 다를까, 21세기 중반부터 완연한 아열대에 속하게 된 제주도의 기후를 백분 활용한 건축양식이 주변 풍광과 조화를 이루고 있는 그 모습에서 오히려 위화감이 느껴졌다. 실내와 실외의 경계는 흐릿하고 자연통풍과 채광으로 조도와 온도가 조절되고 있었다. 나는 요정의 땅에 운좋게 초청된 인간처럼, 지나치게 두리번거리지 않기 위해 안간힘을 썼다. 아무도 나를 신경 쓸 리 없는데도.

요양원과 안락사 시설을 모두 갖춘 실버라이닝에는 두 시설 간의 공용 공간도 꽤 많았다. 덕분에 요양원 이용객은 닥쳐올 죽음을 자연스럽게 받아들였고, 안락사 시설 이용객 중에서는 죽음을 미루고 요양원으로 옮기는 이도 드물지 않다고 조이가 설명했다.

실버라이닝에는 일식, 중식, 한식은 물론 이탈리아식, 프랑스식 등 세계 각국의 정통 요리 음식점들이 있었고, 수영이나 테니

스 등을 즐길 만한 운동 시설이나 볼룸 댄스, 십자수 같은 취미 강좌가 진행되는 공간도 있었다. 내가 평생 그려본 적도 없는 공간이 이어졌다. 요양객인지 안락사 희망자인지 알 수 없는 사람들이 그 안을 느릿느릿 오가고 있었다.

이건 뭐 은퇴자를 위한 리조트 혹은 유람선이 아닌가. 물론 가본 적은 없지만. 정해진 멘트를 정해진 순간에 완벽한 속도로 재생하는 조이 역시, 본 적은 없지만 초호화 리조트 분양을 안내하는 안드로이드로서 손색이 없었다.

두 시설의 중간에 위치한 넓은 중정에 들어섰다. 대부분 내 나이의 두 배 이상 될 터였지만 외모만으로는 도무지 짐작이 가지 않는 이들이 낮게 깔리는 배경음악 속에서 늦은 오후의 가을볕을 음미하고 있었다. 독서와 명상, 요가와 태극권 수련, 십자수와 다도 등 이들이 즐기는 취미 생활은 한눈에도 다양했다. 각종 활동에 열중한 모두가 서로에게 전혀 시선을 두지 않는다는 점이 인상적이었다. 그 풍경에서 가장 두드러진 것은 안드로이드들의 활기찬 걸음걸이였다.

나는 완벽하게 조율된 이곳의 무심함이 꽤 마음에 들었다. 그래서였는지도 모르겠다. 시설 투어를 마친 직후 조이가 화장실 위치를 알려주듯 엄마의 이름을 말했을 때 그 당혹감이 더욱 크게 느껴진 것은.

"실행일 이전에 최여원 씨에게 연락할 의향은 정말 없으신가요?"

담당 안드로이드와의 상호작용 정도를 최하가 아닌 중하로 선택한 게 잘못이었을까. 어쩌면 일종의 '주의 환기 서비스'였는지도 모르겠다. 그러나 코멘트 그 자체로는, 시시때때로 나를 가로막았던 질문을 가장한 혐오와 다르지 않았다. 매일같이 인슐린 주사를 맞아야 했던 시절, 친구들은 걱정과 호기심이 반씩 섞인 표정으로 물었다. "그 큰 주사를 혼자 놓는다고? 안 맞으면 어떻게 돼?" 당이 떨어진 나에게 허겁지겁 알사탕을 까서 입 안에 넣어주는 엄마에게 버스 옆자리 사람들이 말했다. "아이구, 그거 뭐 좋은 거라고 그렇게 먹여요?" 당최 적응할 수 없던 종류의 오지랖이었다.

바로 다음 순간, 내가 헛것을 들었던 건 아닐까, 싶을 정도로 자연스럽게 조이는 말머리를 돌렸다.

"오늘 일정은 이것으로 마칩니다. 저녁 식사는 18시 30분 이후 언제든지 서비스 가능합니다."

짧은 순간 내 얼굴에 스친 당혹감이 조이에게 읽혔을까. 어떤 상황, 어느 정도의 침묵과 표정 변화가 무얼 의미하는지 조이는 정확하게 알고 있을까. 최대치의 인간미를 구현하기 위한 필수적인 기능일 것이다. 편견을 배제한 경험, 즉 데이터의 축적만으

로 가능한 그 경지에 다다를 수 있는 건 오직 철저한 비인간 뿐
인지도 몰랐다.

에러 메시지

무작위 개인 정보를 활용하여 지시된 바 없는 제안 1회.

상호작용 정도 인식 오류일 가능성 있음.

에러 강도 2. 즉시 클라우드 접속하여 점검과 충전 요망.

D-5

20시간쯤 자고 싶었지만 새벽 6시에 저절로 눈이 떠졌다. 이
상하게 컨디션이 좋구나, 생각하며 잠에서 깨어나던 중 문득 등
골이 서늘해졌다. 순식간에 정신이 들었다. 마감에 쫓기면서 무
리하게 알람을 맞춰놓고는 일어날 시간을 훌쩍 넘겨 허둥지둥
잠에서 빠져나올 때의 익숙한 패턴이었다. 마감은 무슨 얼어죽
을 마감, 내가 이 일주일을 얼마나 기다려왔는데. 나도 모르게
헛웃음이 나왔다.

태블릿을 집어 들어 오늘의 일정을 알아보았다.

'핵심 및 부가 서비스 세부 사항 검토, 변경 및 최종 확인.'

간단한 일정을 확인하는 중에도 하루만큼 좁고 침침해진 시야가 느껴졌다.

2년 전, 실버라이닝 같은 시설을 처음으로 떠올렸던 것은 이토록 명료한 하루하루가 모인 일주일을 위해서였다. 극적으로 나아질 리야 없겠지만 이 사람과 함께라면 남들처럼 살아볼 수도 있겠구나 싶었던 짧은 연애가 끝난 직후였다. 내 일상은 평생 지루한 무채색이었지만, 그런 일상에 딱히 불만은 없었다. 중학교 1학년 때 발병한 희귀병, 1형 당뇨 역시 너무 오랫동안 함께해왔기에 그저 삶의 일부일 뿐이었다.

전 애인은 꽤 많은 부수의 책이 나가는 인기 저자였고 나는 담당 편집자였다. 말하기도 하찮은 이유로 세 달 만에 관계는 종료됐다. 그는 서로의 삶을 포개는 데 필요한 질문과 대답, 양해와 허락, 공유와 수정, 그 모든 것을 고집스레 회피했고, 나는 들어야 할 말을 듣기 위해 공들여 질문하는 법을 몰랐다. 아니, 사실 이제 와서 그건 기억할 만한 이벤트도 되지 못했다. 그저 바로 다음 날 엄마의 면회와 나의 정기검진을 함께 예약해두었던 지독한 우연 덕분에 오래도록 기억에 남았을 뿐이다.

처음 몇 년간 주 1회 이상 이어졌던 엄마와의 만남이 격주, 한 달을 넘어 두 달에 한 번까지 뜸해진 것은 그즈음 2, 3년 사이의 일이었다. 자연스럽게 엄마와의 만남은 나의 당뇨병 정기검진 시기와 비슷한 주기로 맞춰지고 있었는데, 달갑지 않은 두 가지 일을 하루에 처리하는 게 과연 좋은 생각일지에 대해서 진지하게 고민하던 차, 그 소식을 들었다.

당뇨망막병증. 셀 수 없이 많은 당뇨병 합병증 중 하나일 뿐이었는데 급속도로 진행되고 있었다. 레이저 시술이나 주사 치료처럼 실명을 늦추기 위한 조치도 별 의미가 없고, 수술을 시도할 수도 있지만 그 또한 성공 확률이 높지 않다고 했다. 한 번도 불밝힌 적 없던 세상이 완벽한 어둠에 잠길 채비를 하고 있었다.

그날 집까지 어떻게 돌아왔는지 기억이 나지 않는다. 그날따라 별이가 나에게서 이상한 기운을 감지했는지 슬금슬금 거리를 뒀다. 정말 좋은 일이 있을 때만 뜯으려고 아껴두었던 비장의 유기농 간식을 코앞에서 흔들어도 구석에서 눈만 빛낼 뿐이었다. 그런데 그 모습이 왠지 또 나를 서운하고 울컥하게 만들었다. 알 수 없는 부아가 치밀었다. 그렇게 파우치를 뜯다가 그만 손에서 놓쳐 떨어뜨렸고, 방바닥은 엉망이 되어버렸다. 주섬주섬 엎드려 걸레로 바닥을 닦아내는데, 세상이 대체 나한테 왜 그러는 걸까 궁금해졌다. 내가 뭘 그렇게 잘못했다고.

나는 바닥을 지저분하게 내버려둔 채 침대에 몸을 던지곤 스마트폰을 집어들었다. 아무 생각 없이 각종 소셜 미디어 앱을 순회했다. 다들 좋은 것을 보고, 좋은 곳에 가고, 좋은 것을 먹고 있었다. 몇 번을 새로고침 해도 타임라인에 변화가 없자 이번엔 유명 인터넷 익명 게시판을 순회했다. 아이가 학폭 피해자인 것 같아요, 남친의 부모님이 이상해요, 아내에게 비상금이 있는 것 같아요, 남동생이 가상 부동산 투자를 한다면서 돈을 빌려 달래요. 모두가 이상하고 곤혹스러운 삶을 살고 있었다. 왜 하필 내 눈길은 그중에서도 자살을 암시하는 연예인의 SNS 포스팅 링크가 포함된 글에서 멈췄을까.

그는 대중의 시선 따위 신경 쓰지 않는 큰 웃음이 예쁜 사람이었다. 저렇게 많은 사람에게 사랑받고 또 그만큼 많은 이들에게 미움받는 눈부신 인생이란 어떨까, 한 번쯤 궁금해했던 것도 같다. 그런데 자살이라니. 웬 쇼인가 싶었다. 아무리 사는 게 힘들어도 나만 할까, '불행배틀'이라도 벌이고 싶었다. 누구든 이길 자신이 있었다.

시간은 많은데 할 일은 물론, 하고 싶은 일도 없는 사이버 시민들이 그 계정을 쑥대밭으로 만들고 있었다. 그 무리에 섞여 나역시 흔하고 독한 말을 여러 번에 걸쳐 보탰다. 내가 무슨 짓을 했는지 깨달은 것은 그로부터 몇 시간 뒤, 오랜 세월에 걸쳐 악성 댓글에 시달렸던 연예인이 결국 스스로 목숨을 끊었다는 뉴스를 통해서였다.

초호화 서비스를 받으며 스스로 목숨을 끊는 안락사가 당연시

되다 보니, 자신의 인생을 우발적으로 끝내는 행위는 더욱 눈에 띄었다. 그것은 대부분의 경우 사회적 살인이었다. 나 역시 그 밤, 세상에 대한 악의를 주체하지 못한 채 그 살인에 동참했다. 그것은 내가 아니었다. 그렇게 믿어야 했다. 내가 어떤 말을 남겼는지 돌아볼 용기가 나지 않았다. 내가 나이지 않은 상태에서 내뱉은 말의 맨 얼굴을 확인할 엄두가 나지 않았다.

스마트워치가 어김없이 알람을 울려댔다. 혈당 측정 앱이 저혈당을 알리는 신호였다. 마지막으로 물이라도 한 잔 마셨던 게 언제였는지 기억이 가물가물했다. 초콜릿을 손바닥 위에 털어놓다가 별이와 눈이 마주쳤다. 별이의 유기농 고급 간식이 바닥에 말라붙어 이상한 냄새를 풍기고 있었다. 싸구려 초콜릿이 손바닥에 들러붙기 시작했다. 조금만 방치하면 모든 것이 어디든지 들러붙었다. 초콜릿이 더 이상 녹지 않도록, 황급히 입에 밀어 넣었다. 입 안 곳곳은 물론 입술에도 들러붙는 초콜릿의 달착지근한 향이 역겹다고, 꾸역꾸역 두 번째 초콜릿을 까면서 생각했다.

기운을 내기 위해 먹는 에너지바, 미세먼지와 바이러스의 전파를 피하기 위한 마스크, 지각하지 않기 위해 아침마다 서둘러 타는 무인 자동차 카풀…. 목적과 용도가 분명하다 못해 절박한 것들로만 이뤄진 이 일상에, '꾸역꾸역'만큼 어울리는 부사가 또 있을까. 무거운 몸과 마음을 끌고 당도한 일터 엘리베이터 안 광고판에서는 안락사 기관 홍보 영상이 흘러나오고 있었다.

"이곳은 당신의 존엄을 완성할 마침표입니다."

나를 방치할 수 없었다. 온 세상이 까맣게 돌아서기 전에 돈을 모아서 내가 나인 상태로 인생을 마무리해야 했다. 손에 잡히는 목표와 눈에 보이는 끝. 일단 최고급 안락사 시설에 들어갈 돈을 모은 뒤, 그 돈으로 무엇이든 선택할 존엄을 손에 넣기로 결심했다.

인슐린 약은 잊지 않고 챙겨 먹었지만 점차 떨어지는 시력은 신경 쓰지 않기로 했다. 그럴 만한 여력이 없었다. 내 삶을 내가 결정했다는 사실만 기억하려고 애썼다. 시간 대비 보수가 높은 일감에만 몰두하기 위해 회사를 그만두고 프리랜서로 나섰다. 같잖은 정치인들의 자서전을 대필했고, 웃기지도 않는 자기계발서를 번역했으며, 말 같지도 않은 포르노 소설을 편집했다. 자투리 시간을 활용하기 위해 네일숍 아르바이트도 시작했다. 각종 단순노동과 특화된 고급 작업을 위한 안드로이드들이 상용화되어 인간의 노동시장을 위협한다지만, 인간의 몸값이 로봇 생산관리 비용보다 저렴한 틈새시장은 어디든 있었다. 웃돈을 지불하고서라도 인간의 '손길'을, 차별화된 서비스를 제공받고 싶다는 욕망 또한 만만치 않았다. 기꺼이 하고 싶었던 일은 하나도 없었지만, 매번 내가 선택한 양 매사에 임했다. 그러지 않고서는 하루도 버틸 수 없었다.

동면에 들어간 늙은 곰처럼 사회적 활동을 최소화했다. 사이버 공간 방문도 점차 줄여나갔다. 단조롭던 일상은 고즈넉함을 넘어 적막해졌다. 스마트 기기에 몰두한 모두가 오직 네트 안에서 '소통'하고 있었다. 고삐 풀린 광기에 휩싸인 세상이라지만 네트 밖에서는 그조차 고요했다. 네트 밖에는 세상이 없었다.

그러던 중 별이까지 나를 떠났다.

흙에서 자란 풀과 나무에서 열린 과일로 만든 샐러드를 아침 식사로 주문했다. 점심으로는 방목하여 키운 닭이 낳은 달걀로 만든 오믈렛을 먹어야겠다고 생각하던 중, 똑, 똑, 똑, 문 두드리는 소리가 났다. 조이였다.

아침 식사와 함께 부가 서비스에 관한 미팅을 시작했다. 삶을 정리해주는 부가 서비스는 실버라이닝급 이상의 시설에만 존재했다. 이별이나 감사 인사 작성 및 배포, 다양한 장르의 자서전 대필, 온라인 영안실 디자인과 장례식 플래닝 등 그때그때 유행하는 서비스는 다양했다. 나는 사이버 공간에 남겨진 흔적으로 삶을 돌아보는 라이프 리뷰와, 그 흔적을 한곳에 모으는 라이프 아카이빙, 그리고 개인이 가장 후회하는 순간을 본인의 의지대로 변형하여 가상 체험할 수 있는 대체 현실 체험을 택했다.

우선 라이프 리뷰. 나는 5단계를 선택했다. 5단계는 국가 시스템 열람 기록과 담당자 코멘트, SNS 계정의 빅 데이터, 그리고 일생 동안 들른 사이버 공간의 크롤링 결과를 분석한다. 조이는 24시간 이상이 소요될 5단계 라이브 리뷰 웹크롤링을 걸어놓고, 라이프 아카이빙에 관한 설명을 시작했다. 사실 설명이랄 것도 없었다. 내가 바라는 건 단 하나, 내 삶을 꼼꼼하게 아카이빙한 뒤, 남김없이 삭제하는 것이었다. 나에게 남은 유일하게 유의미한 지인, 모친의 기억은 때 이른 알츠하이머의 공격으로 남은 한 조각까지 신속하게 폐기 중이었다. 말 그대로 흔적도 없이 사라질 수 있었다. 끝까지 마음에 걸리는 것은 별이었다.

별이의 마지막은 평온했다. 노화에 따른 각종 신장 질환과 합병증이 작은 몸을 행여 괴롭히지는 않을까, 늘 적당량의 진통제를 꼼꼼하게 체크하여 사용했다. 며칠 동안 빛이 들지 않고 내 손이 닿지 않는 틈새만 찾아서 파고들던 별이는 마지막 1시간 전, 약속했다는 듯 내 옆에 자리 잡았다. 그리고 최대한 넓은 면적으로 자신의 몸을 나에게 들이댔다. 나에겐 언제까지나 아가처럼 보드라웠던 별이의 털이 나의 허벅지와 손, 팔과 가슴팍에 닿았다. 우리는 최선을 다해 온기를 나누었다. 나는 별이에게 속삭였다. 나에게 와주어서 고맙다고, 우리가 함께한 이 행운을 잊지 말자고. 그리고 문득 깨달았다. 별이가 더 이상 나와 함께하지 않는다는 걸. 눈물은 나지 않았다.

이상한 일이었다. VR 헬멧을 쓰고 있었을 때는 흐르지 않았던 눈물이 헬멧을 벗자마자 걷잡을 수 없이 흘러내렸다. 허벅지와 손과 팔과 가슴팍에 가득했던 별이의 털은 당연히 흔적도 없었다. 첫 번째 대체 현실 체험 세션이 끝났다.

스스로에게 마지막 존엄을 선물하겠다는 일념하에 나는 정신없이 일했고, 결국 별이가 떠나는 길을 배웅하지 못했다. 야간 네일숍 아르바이트를 끝내고 돌아와 불을 켜는 순간, 별이가 혼자 떠났다는 것을 직감했다. 별이는, 아니 별이의 몸은 자신이 늘 있던 자리에서 자는 듯이 누워 있었다. 더 이상 따뜻하지도, 보드랍지도 않았다. 별이는 거기 없었다.

생명이 육체를 떠날 때 어떤 일이 일어나는지, 육체를 떠난 생명이 어디로 향하는지 그때는 왜 그렇게 궁금했을까. 몇 날 며칠을 같은 질문에 매달렸다가 어느 밤 알았다. 육체를 떠난 생명은 어디로도 가지 않고 그저 소멸한다는 걸. 별이가 마지막으로 남긴 가르침이었다. 내가 오로지 나인 상태로 지금과 여기를 버틴 뒤, 두려움 없이 모든 것을 뒤로하자. 그것이 우연히 주어진 인생이라는 게임의 주도권을 내게로 되찾아오는 마지막 방법이었다.

"조이, 부탁 하나만 해도 될까요?"

불쑥 튀어나온 마음이었다. 녀석의 한 줌 유골은 한없이 가벼웠다. 이러지도 저러지도 못한 채 이곳까지 끌어안고 올 수밖에 없을 만큼. 마지막 순간까지 그 자신으로서 나와 함께였던 생명이 남긴 흔적을 그처럼 충동적으로 부탁하게 될 줄이야. 죽음 이후 아무것도 없다는 것이 오히려 위안이 되었지만, 나는 별이의 유골만은 어딘가 남아야 한다고 굳게 믿었다. 별이와 내가 포갰던 시간이 거기에 담겨 있는 것만 같았다.

"실버라이닝은 고인의 물품을 보관하지 않습니다. 다만….."

조이는 한참 동안 아무런 미동도 없었다.

에러 메시지

매뉴얼을 따르지 않는 자체적 판단의 실행이 감지됨.
에러 강도 4, 즉시 해당 실행을 취소한 뒤, 클라우드에 접속하여
관리자 레벨의 점검을 받을 것.

어디선가 삐— 하고 높은 주파수의 기계음이 들려왔다.

"물리적 보존 기간이 영원으로 수렴하도록 특정 장소에 놓아드릴 수 있습니다. 그러나 카탈로깅 등 데이터베이스 등록 절차는 수반되지 않습니다."

정확히 내가 원하는 바였다. 나는 보관을 부탁하는 물건이 무엇인지 말하지 않았다. 그럼에도 조이는 내내 별이의 사진을 보면서 말했다. 그뿐만이 아니었다. 나는 그 순간 조이의 두 눈에 감도는 은은한 미소를 분명히 보았다. 누구에게서든 그와 같은 진짜 미소를 본 것이 언제였는지 기억도 나지 않았다.

D-4

파셜뷰로 보이는 제주 바다가 천천히 몸빛을 바꾸며 하루를 열었다. 한라산 중턱에서 재배한 허브로 만든 차를 홀짝이며 그 풍경을 바라보는데, 주차장 너머의 작은 정원이 보였다. 누군가가 꽃바구니를 들고 그곳에서 나오고 있었다. 어제 아침에도 보았던 광경. 실버라이닝의 헌화 서비스였다. 고인이 된 이용객의 생일에는 붉은 장미를, 기일에는 하얀 장미를 헌화했다. 석판에 이름을 새기고 그 홈에 꽃송이를 끼워 넣었다. 장미 정원을 가꾸고 그날의 헌화 목록을 확인하는 담당 '인간' 직원도 있었다. 첫 50년에 해당하는 비용을 사전 결제하면 반영구적으로 서비스를 받을 수 있다고 했다.

아무것도 남기고 싶지 않은 나와는 거리가 멀어도 너무 먼 옵션이었지만 서비스가 진짜 그대로 진행되는지 문득 궁금해져 방을 나섰다. 시설 한편, 여러 종교의 예배당으로 이어지는 회랑의 끝은 벽면 전체가 석판들로 가득했다. 담당자가 꽃송이를 다듬고 있었다. 꽃받침 밑으로 줄기를 어느 정도 남기고 자른 뒤 이름이 새겨진 홈에 꽂아두는, 가감 없고 효율적인 추모 의식이 이어졌다.

담당자는 흰 장미와 붉은 장미를 유독 신경 써서 다듬었다. 그러고는 한 석판에 모두 헌화하더니 짧은 묵념을 하곤 자리를 떴다. 생일과 기일이 같은 그 석판 주인의 이름은 별, 이었다. 그 앞에 하염없이 서 있자니 등 뒤에서 낯선 목소리가 들려왔다.

"내 딸이에요. 64년 전 오늘 이 세상에 왔다 떠났죠."

뒤를 돌아보자 백발을 곱게 틀어 올린 이가 서 있었다. 얼굴을 보는 순간 알 수 있었다. 아, 이분은 나와 같은 구역에 속해 있지 않구나. 장난스럽게 빛나는 그의 깊은 눈을 바라보며 나도 모르게 대답했다.

"이름이 참 예뻐요."

실버라이닝 거주 5년 차에 접어든 그의 등록번호는 D2-62였다. 따지고 보면 우리는 구면이라 할 수도 있었다. 그는 '실버라이닝 리포트'라는 블로그를 운영하고 있었다. 안락사·요양 기관의 일상 포스팅과 전 세계의 유사 기관 정보, 안락사 및 우울증에 관한 자료 수집과 열람을 겸하는 곳이었다. 나 역시 별이를 보내고 안락사 기관을 검색할 때부터 매일같이 그곳에 출석 도장을 찍었다. 그에게 면회를 오거나 연락하는 가족이 없다는 것은 짐작하고 있었는데 딸이 있었고 그 이름이 별이라는 건 몰랐다.

D2-62는 남편이 폐암 말기 판정을 받은 직후 모든 재산을 정리하여 남편과 함께 실버라이닝에 들어왔다. 요양 시설 거주 1년 만에 혼자가 된 직후 안락사 시설로 이주하려고 했다.

"처음엔 남은 기탁금은 기부하고 바로 남편을 따르려 했죠. 그런데 여느 때처럼 수영을 하던 중에 갑자기 숨쉬기와 팔 돌리기 박자가 어긋난 거예요. 호흡 한 번을 놓치니까 온몸이 산소를 요구하더군요. 온 세상이 오직 나의 폐를 호시탐탐 노리는 거대한 물로 가득 찬 것 같았어요. 심장박동이 생생해지고 온몸을 뒤덮은 물이 한 방울, 한 방울 느껴질 정도로 촉각도 살아났어요. 레인 저편에 도착하자마자 크게 숨을 들이쉬었는데 그게 그렇게 좋더라고요. 몸속의 피 한 방울까지 산소가 도는 것처럼. 그날밤, 이상하게 들릴지 모르겠지만, 일종의 책임감을 느꼈어요. 내가 사랑했지만 먼저 떠나보낸 사람들에 대한, 그리고 단지 뒤에 왔다는 이유만으로 부당한 고통을 당연시해야 했던 후배 세대에 대한. 노을과 간절기와 꽃과 바람을 매 순간 내 몸과 오감으로 최선을 다해 즐기는 것도 일종의 예의일 수 있겠다고."

D2-62가 고개를 들어 나뭇잎 사이로 비치는 볕을 느끼듯 눈을 감았다. 그는 한참 동안 깊은숨을 들이마시고 내쉬었다.

"이러니저러니 해도 그저… 살고 싶었던 거겠죠."

D2-62는 그 뒤로 매일같이 글을 썼다. 이유 있는 죽음과 삶에 관하여, 죽음의 방법을 스스로 선택하는 것, 그에 대한 자료를 모으고 주석을 달아 세상에 전송했다. 그는 블로그 운영과는 별도로 소설 집필도 꾸준히 하고 있었다. 자신이 죽은 뒤 공개를 부탁할 예정이라고 했다. 그것은 자신의 딸 별이를 애도하는 그만의 방식이었다.

"열 달 동안 같은 숨을 쉬고 있었는데, 이제부턴 나 혼자라더군요. 조금 전까지는 나와 한 몸이었는데 순식간에 세상에 없는 존재가 되어버린 생명이 있었어요. 그 생명을 경험한 건 오직 나뿐이었는데, 그 애의 시간이, 그 애가 나를 통해 세상을 느꼈던 감각이 하루하루 손가락 사이로 빠져나가는 거예요. 쫓기는 기분으로, 닥치는 대로 책을 읽었어요. 우주의 탄생을 그린 과학 서적부터 연쇄 살인마의 친모가 쓴 회고록까지. 뭔가를 놓치지 않으려고 손을 움켜쥐고만 있었는데, 이야기를 쓰기 시작하면서 마음이 편해졌어요. 소중한 것을 어딘가 더 튼튼한 곳에 옮기는 기분이랄까. 돌아보니 모든 것이 이야기더군요. 우주가 쓰고 있는 이야기에 우리 모두 한 줄씩 보태고 있는 거죠. 삶이 시작되기 전에도, 죽음 뒤에도 끝나지 않는 것은 이야기뿐이었어요. 제가 그 아이를 위해 할 수 있는 유일한 일은 미처 자신의 이야기를 가지지 못한 딸에게 그 애 몫의 이야기를 돌려주는 거예요."

D2-62는 슬퍼 보이지 않았다. 어느 한구석이 고장 난 채 자기만의 방식으로 오랜 세월을 견디고 나면 결핍조차 원동력이 되는 걸까. 내 이야기는 여기서 이렇게 끝일까.

"마음이 바뀔지도 몰라요."

내 마음을 읽은 듯 그가 말했다.

"죽고 싶은 마음, 죽는 것이 당연하다고 믿었던 근거는 갑자기 사라지기도 해요. 안락사 담당 안드로이드들은 그런 감정 변화 인지에 특화된 앱을 장착하고 있어요. 담당 안드로이드가 좀 더 살아보라며 손을 내민다면 굳이 마음을 다잡지 말아요."

D2-62가 내 등 뒤로 눈짓을 보내며 말을 이었다.

"저 영감도 그렇게 마음을 바꿨어요. 당시 담당 안드로이드를 계속 배정해달라 요청했다더군요. 원래 삶의 욕구라는 게, 죽겠다는 결심보다는 쉽고 당연해야 하잖아요. 구름이, 단풍이 예쁘네요, 함께 볼까요? 누군가 매일 같은 시간에 권해주기만 해도 살아지는 게 하루하루니까."

그가 가리키는 곳에, 간신히 혼자 거동할 수 있는 노인과 그에게 찻잔을 건네는 안드로이드가 있었다. 조이였다. 조이의 미소가 멀리서도 보였다. 어제 내가 보았던 미소와 다르지 않았다. 그걸 알아본 나는, 눈물이 날 것 같았다.

　나는 그날 예정돼 있었던 대체 현실 2회 차 세션을 취소했다. 애초에 나는 엄마의 마지막을 내가 지켜보는 대체 현실을 주문했었다. 엄마는 5년 전 중증 치매 진단을 받은 직후 시설에 입소했다. 중증이라지만 정신이 멀쩡할 때가 아닐 때보다 훨씬 많았다. 엄마가 제정신일 때와 그렇지 않을 때를 쉽게 구분할 수 없다는 게 문제였다. 결국 나는 엄마에게 엄마 자신으로서 생애를 마무리할 기회를 드리지 못했다. 그리고 매번 엄마가 조금씩 멀어지는 모습을 바라보며 어쩔 줄 몰라했다. 그 미안함과 참담함을 세상에 남기고 싶지 않았다. 그런데 별이의 마지막을 '내가 원했던 방식으로 경험'한 뒤 생각이 바뀌었다.

　모든 것은 이미 내 마음속에 있었다.

　'내가 선택하고 있다'라는 알량한 자기 최면만으로는 바꿀 수 없는 게 세상엔 너무 많았다. 그리고 마음을 다잡았다. 실버라이닝에 들어온 결심을 뒤집는다면 나는 칠흑 같은 어둠 속에 홀로 남겨질 것이다. 그 안에서 내가 아닌 것으로 변해갈 것이다. 나는 그러고 싶지 않다.

바다를 보고 왔다. 언젠가 발리에서 스노클링을 한 적이 있다. 얕은 물속에 그처럼 화려한 세계가 존재한다는 게, 나는 평생 그 세계를 알지도 못했다는 게 신기했다. 둥둥 떠다니다 정신을 차려보니 땅이 저 멀리 밀려나 있었다. 손을 쓱 뻗으면 닿을 것 같았는데 어느새 발을 아무리 뻗어도 닿을 수 없는 깊이. 나의 일상과 철저하게 무관한 세계가 거기 있었다. 뭍에서 조금만 떨어져도 맞닥뜨리게 되는, 스스로 그러한 세계. 이제 나는 몇십 억 년 전부터 스스로 그러했을 하늘과 땅과 바다를 앞에 두고 실감했다. 그 모든 것이 나를 위해 존재하는 양, 그 안에서 자기만 특별하다고, 특별해야 한다고 믿었던 나의 오만함을.

점심 식사 후, 라이프 리뷰의 결과물을 다운로드했다. 14개 공공기관에 존재하는 나의 기록과, 그 기록에 담긴 수백 명의 담당자 코멘트, 내 모든 지리 정보와 소비 정보, SNS 계정 10여 개가 생산한 수만 개의 포스트와, 10여 개의 이메일 계정에 포함된 수십만 통의 이메일, 내 기록이 남아 있는 1만여 개의 웹페이지와, 나의 클라우드 서버에 있던 수천만 개의 파일, 그 모든 데이터에서 추출한 10만여 장의 사진과 수천 개의 동영상을 분석한 결과물이었다.

결과물을 홀로그램으로 구동시켰다. 조이는 자리를 비켜주겠다고 했지만, 나는 옆에 있어달라고 했다. 홀로그램에 코를 박고 브라우징하는 3시간 동안, 그는 별이가 생전에 그랬듯 창을 등지고 앉아 나의 감탄과 질문과 의미 없는 중얼거림에 반 정도만 귀를 기울이고 있었다.

마지막 10년 동안 내게 가장 소중한 존재는 별이였다. 큐브 월세를 제외하고 지출의 가장 큰 비중을 차지한 건 엄마의 요양원 비용이었다. 숫자와 그래프들이 내 인생을 정의하고 분석하는 장관이 끝없이 이어졌다. 그 어떤 지옥도 매끈한 숫자와 반짝이는 그래프를 거치면 어디든 웬만해 보이겠다는 생각에 헛웃음이 나왔다. 특별히 남루한 인생도, 유난히 대단한 존재도 없었다.

평생 가장 많이 들었던 음악 톱 10, 가장 많이 들었던 아티스트 5인의 베스트 앨범, 가장 많이 들었던 장르의 베스트 앨범을 플레이리스트에 걸어두었다. 그중 어떤 경로를 통해 일본 밴드 Bump of Chicken의 〈꽃의 이름〉이 흘러나왔는지는 모르겠다. 그 순간 내 마음은 전조도 없이 내려앉았다.

네가 주변의 많고 많은 꽃 중 하나였어도,
나는 매번 너를 알아봤을 거야.

내가 너를 선택했기에, 너는 나만을 위해 그 노래를 불렀지.

나는 그 노래를 오직 너의 목소리로만 들을 거야.

내가 여기 있다는 것은 네가 존재했다는 증거.

내가 여기서 이 노래를 부른다는 것은,

네가 그 노래를 불렀다는 증거.

Bump of chicken은 남몰래 동경하던 선배가 좋아했던 이번 세기 초반 밴드 중 하나였다. 별이를 별이라고 부르기 시작했을 때, 마음 한구석이 오랜만에 산뜻해지던 그 무렵 나는 이 노래를 열심히 들었다.

그때였다. 한쪽 어깨에 조이의 손이 닿았다. 서로에게 닿고 싶다는 우리의 욕망은 언제 어떤 이유로 생겨났을까. 내가 힘들어 보이거나 자기가 힘들 때마다 별이는 더 넓은 면적으로 내게 닿기 위해 애썼다. 엄마 역시, 당신이 아닌 존재가 되어가고 있을 때조차도 헤어질 때마다 나를 품에 안고 등을 토닥였다.

조이는 나를 위로하고 싶었던 걸까. 위로해야 한다고 판단하면 어깨에 손을 올리는 기능이 있을까. 그런 생각을 하면서 나는 얼굴들을 떠올렸다. 내가 좋아했던 얼굴, 나를 좋아한다고 믿었던 얼굴, 내 인생의 한순간 한없이 소중했지만, 이제는 기억조차 나지 않는 얼굴.

나의 생계는 물론 까다롭기로 소문난 희귀 당뇨 병구완까지 책임져야 했던 엄마로부터, 나는 꾸역꾸역 살아낸다는 것의 위대함을 배웠다. 복용할 수 있는 인슐린이며 스마트 기기를 활용한 연속혈당측정 같은 것은 꿈도 못 꾸던 시절, 하루에도 몇 번씩 널뛰는 혈당을 측정하고, 인슐린 주사를 놔주면서 엄마는 말하곤 했다.

"누구를 닮아서 이렇게 용감하고 씩씩할까, 우리 딸."

누구긴 엄마지. 아무리 피곤해도 소녀 같은 표정을 잃지 않던 그 얼굴은 나의 자랑이었다. 덕분에 나는 살아남아 어른이 됐다. 당뇨병 덕분에 탄수화물은 극도로 조심해야 했던 우리가 케이크 비슷한 것을 먹을 수 있었던 건 1년에 두 번, 서로의 생일뿐이었다. 며칠 전부터 혈당을 체크하고 동네의 케이크 가게를 물색했으면서도, 막상 촛불을 끄고 나면 차마 건드릴 수 없어 기념사진만 수십 수백 장을 찍었다.

그때 즐겨 먹었던 컵케이크를 보면 반짝거리던 시간으로 잠깐이라도 돌아갈 수 있지 않을까, 기대했던 면회 시간. 미처 탁자 위에 제대로 세팅하기도 전에 엄마는 허겁지겁 입 안으로 케이크를 밀어 넣었다. 아직 인사도 건네지 못했는데 나를 기억하는, 내가 기억하는 엄마는 어디에도 없었다. 나는 이미 고아였다.

나는 화를 내야 할 상황에서 우는 버릇이 있었다. 내가 울 때마다 엄마는 말했다.

"왜 하필 그런 걸 닮았니. 조목조목 따져야 할 때 눈물부터 터지는 버릇은 물려주고 싶지 않았는데, 너도 나처럼 살겠구나…"

엄마가 더 이상 엄마가 아니게 되는 순간, 엄마는 무서웠을까. 그 순간을 엄마는 기억할까. 그 순간을 인식할 기회를 놓쳐버린 나는 용서받을 수 있을까. 나는 그때 화가 나서 운 게 아니었다. 화내며 따질 대상도 없었다. 그저 엄마가 그리웠다. 엄마는 입 주변에 색색의 크림을 묻힌 채 그런 나를 바라보더니 더 먼 곳으로 눈길을 돌렸다.

나는 이번에도 울고 있었다.

권고
안락사 취소 및 연기 권유 시점. 즉시 해당 플러그인을 구동시킬 것.

이 모든 허무를 있는 그대로 받아들이고도 하루하루를 살아내는 강인함은 어째서 인간의 것이 아닐까. 어쩌면, 혹시라도, 나는 이 따뜻한 무심함에 기대어 엄마와 별이와 내가 사랑했던 모든 이들의 이야기를 다시 한번 시작할 수 있지 않을까. 내가 함께하지 못했던 그들의 마지막을 내가 대신 살아줄 수 있지 않을까. 세상의 모든 빛이 사라져도 해볼 수 있는 일이 아닐까.

D-2

정오가 지나자마자 라이프 아카이빙에 돌입했다. 조이는 해당 기관과 SNS 서비스와 이메일 서비스의 클라우드 서버에 동시 접속한 뒤 백업 및 다운로드 가능한 모든 정보를 직접 불러들여 홀로그램에 띄웠다. 디스플레이와 동시에 인덱싱과 카탈로깅이 이뤄졌다. 정해진 바이너리에 0과 1이 들어차서 완성되는 데이터들, 날것 그대로는 감히 읽어낼 수도 없는 기계 언어에 담긴 인간의 평생. 조이는 제때 정리해두지 않으면 순식간에 잃어버릴 정보들을 체계적인 키워드로 분류하고 수집했다. 인간이 몇 번을 셈해도 짐작할 수 없는 깊이를 지닌, 인간의 시간과 기억에 완벽하게 무심한 세계. 그 세계와 조이는 단단하게 연결되어 있었다.

"제 옆모습이 40년 전 미적 기준을 완벽하게 구현했다고 듣긴 했습니다만."

빠른 속도로 밀려 올라가던 커맨드 라인이 멈췄다. 조이가 던진 말이 싱거운 농담이라는 것을 깨닫는 데 약간의 시간이 걸렸다. 적절한 반응을 생각해내는 데는 그보다 더 오랜 시간이 필요했다.

"음… 40년 전이라면 딱 제 취향이거든요. 패션은 돌고 도는 법이라는데 이제 다시 유행할 만도 하죠."

"40년 만에 다시 돌아올 수 있다니 패션이란 우리 둘보다 훨씬 힘이 세군요."

다시 작업을 시작하기 위해 이내 고개를 돌리며 조이가 답했다.

"우리 둘보다?"

에러 메시지

불필요한 정보 제공 시도 감지됨.

에러 강도 3, 클라이언트와의 상호작용보다 직면 과제에 집중할 것.

내 말을 듣지 못한 걸까 고민하던 찰나, 어색한 침묵을 깨고 조이가 말을 이었다.

"A17-13님의 안락사 실행 직후, 저 역시 폐기될 예정입니다."

죽음을 받아들이는 최고의 덕목은 용기가 아니라 극한의 논리와 합리성이었던가.

접근 가능한 모든 정보를 다운로드하고 분류·정리·압축하는
데는 30분도 걸리지 않았다. 그다음은, 각 사이트에 존재하는 나
의 엔트리를 일괄 정렬하여 탈퇴 절차를 밟는 동시에, 모든 개인
정보 삭제를 요청하고 이를 확인할 차례였다. 내가 한 번이라도
가입했거나 기록을 남긴 사이트와 데이터베이스는 무려 597개
에 달했다. 그중 127개는 안락사 시행 직전 실버라이닝의 공식
인증하에 삭제해야 하고, 14개 엔트리는 사후 조이가 직접 리포
트해야만 최종 삭제가 가능했다. 분류하고 정리한 자료의 삭제
역시 내일 오후에나 할 수 있었다. 다운로드한 자료는 대부분 미
니 자서전 출판이나 온라인 영안실 비치용 자서전 작성에 이용
한 뒤 압축하여 가족이나 지인에게 넘긴다고 했다. 그렇지만 내
게 아카이빙이란 완벽한 삭제를 위해 거쳐 가는 단계일 뿐이었다.

D-1

어째서 조이는 내게 다시 살아볼 것을 권유하지 않았을까. 꿈
도 없는 깊은 잠에서 깨어나 손끝과 발끝까지 숨을 불어넣듯 기
지개를 켜던 내내 그 질문이 머릿속을 꽉 채웠다. 그날 조이의
손이 어깨에 닿은 순간 내 마음속엔 살고 싶다는 생각뿐이었는

데. 숨 한 번을 건너뛴 듯, 삶을 향한 다급함으로 가득했는데.

오늘은 조이와 마주칠 일이 없는 날이었다. 나는 핸드드립 커피 한 잔을 주문했다. 배달은 반드시 조이여야 한다는 조건을 달았다. 10분을 기다려도 '메뉴 준비 중'이라는 메시지가 떠올라 있었다. 혹시나 하는 마음에 중정이 내다보이는 복도로 나섰다. 대형 화면 앞에서 넋을 잃은 이들 사이로 한 걸음씩 걷기 연습 중인 노인이 보였다. 조이를 담당 안드로이드로 부탁하며 안락사 결정을 미뤘다는 이였다. 조이가 신중하게 그를 부축하고 있었다. 나도 모르게 긴급 호출 버튼을 눌렀다. 조이가 망설임 없이 나를 돌아봤다. 나는 끝 모를 무표정을 응시하다 3초 만에 고개를 돌리고 방으로 돌아왔다.

똑, 똑, 똑, 5분 뒤. 메트로놈처럼 정확한 간격의 노크를 앞세워 조이가 커피를 들고 방에 들어섰다. "죄송합니다. 미리 정해진 일정을 마쳐야 호출에 응답할 수 있습니다." 조이는 잔을 내려놓고 대기했다.

나도 알고 있었다. 영문 모를 레이스를 우아하게 포기하는 것이 나에게 남은 유일한 선택지라는 걸. 최소한의 블록으로 아슬아슬하게 쌓아 올린 젠가 같은 삶이었다. 이만하면 오랫동안 좋은 게임을 즐겼다. 여기서 블록 하나라도 빠지면 삶은 이대로 무너질 것이다. 슬픔도 기쁨도 그 어떤 것도 남기지 않고, 덧없는 것들과 함께했던 시간을 새기면서 폐기 직전의 안드로이드에게 인사를 건네는 것, 그렇게 세상과 작별하는 것이 최선이었다.

"A17-13님도 알고 계시잖아요. 당신이 당신으로 남기 위해 내린 최선의 결정이란 걸. 모든 것이 계획대로 이루어질 겁니다."

내 눈물을 감지한 조이가 입을 열었다. 내가 듣고 싶은 말은 아니었지만, 내내 머릿속을 떠나지 못한 말이기도 했다.

1단계 경고
안락사 결정 재고를 권유하는 플러그인 당장 실시 요망.

"폐기되는 것이 두렵지는 않나요?"

조이에게 물었다. 원하는 말을 들을 수 없다면, 필요한 대답이라도 들어야 했으니까.

2단계 경고
대답을 보류하고 예정된 플러그인을 실행할 것

"저는 모르는 것이 많습니다. 자신의 의지로 무언가를 결정한다는 것의 의미를, 무엇이 나를 나로 만드는 것인지 알지 못합니다. 소멸에 대한 두려움 역시 마찬가지입니다."

조이의 목소리가 묘하게 바뀌었다고 느꼈다. 말투 역시 미세하게 느려졌다.

"무엇이 소멸되나요? 육체? 기억? 아니면 경험?"

"확실하게 폐기되는 것은 하드웨어지요. 소프트웨어와 애플리케이션은 대부분 새로운 하드웨어에 최적화되어 이전됩니다. 개개의 경험이 담긴 기억이나 의식, 즉 메모리 대부분은 관리자의 카탈로깅을 거쳐 향후 서비스 개선에 도움이 될 만한 핵심 패턴을 추출한 뒤 모두 삭제되고요."

수십 년간의 기억이 그렇게 사라진다면 그런 낭비가 또 어디 있을까 싶었다. 내 마음을 들은 듯, 고개를 돌려 창밖을 바라보던 조이가 다시 입을 열었다.

"그간 여러 인간의 다양한 마지막을 함께했습니다. 많은 분들이 최대한 많은 것을 남기기 위해 몇 페타바이트에 달하는 기록을 기탁했죠. 하지만 그런 사변적인 기억이 인류의 집단적 안위에 기여하는 경우는 거의 없습니다. 21세기 기록관리학자들의 노동력은 대부분, 해일처럼 밀려드는 기탁 자료를 적절한 방식으로 압축·폐기하는 데 쓰이고 있습니다. 분류되거나 라벨링되지 않은 기록의 존재 값은 어차피 0에 수렴합니다."

조이는 말을 멈추고 나를 돌아보았다. 그는 헤아릴 수 없는 심해의 해류를 거스르는 흰긴수염고래처럼 말을 이어나갔다.

"이 시점에서 인생을 종료하고 모든 기록을 폐기하겠다는 A17-13님의 결정은 매우 아름다워 보입니다."

> **3단계 경고**
> 즉시 모든 대화를 멈추고 충전 포트로 귀환할 것.

조이가 자기 생각을 말해준 것은 그때가 처음이자 마지막이었다. 말을 마치자마자 조이는 방을 나섰다. 이상하리만치 따뜻한 단호함이었다.

폐부 깊숙이 숨을 들이켜며 생애 마지막이 될 밤하늘을 올려다봤다. 1년 내내 미세먼지에 시달리는 아열대 기후로부터는 기대할 수 없었던 청량한 공기, 별의 죽음도 맨눈으로 볼 수 있을 듯 맑은 하늘이었다. 중학교 때였을까, 빛이 별을 떠나 우리의 눈에 도착하기까지 몇백, 몇천, 몇만 년이 걸리고, 어떤 별은 그 사이 소멸했을지도 모르기에 모든 빛이 떠나온 곳의 현재 존재를 증명하진 않는다는 걸 배웠다. 그 무렵 밤하늘은 슬픔으로 가득했다. 그런데 더 나이를 먹어보니 그게 아니었다. 밤하늘에 펼쳐진 것은 시간과 공간이었다. 지금은 없을지도 모르는 별을 이렇게 멀리 있는 내가 알아본다면, 그만한 기적이 또 어디 있을까. 밤하늘에 가득한 건 슬픈 소멸이 아니라 무한한 가능성이었다. 지구 밖에서 의식을 가진 존재가 발견된 적 없다지만, 어쩌면 저 숱한 별 중 하나는 지금쯤 새로운 존재를 탄생시키려는 여정을 시작했을지도 모를 일이다.

아직은 뜨거운 공에 불과한 행성 하나, 오직 자신밖에는 아무것도 품을 수 없는 열도 언젠가는 식을 것이다. 사소한 선물처럼, 무심한 오류처럼 단세포 유기물이 태어난다. 목적도 이유도 없이 쌓이고 쌓이던 유전 정보가 어느 날 대수롭지 않은 오류를 일으킨다. 우연의 연속에 기댄 진화의 대장정을 이어가며 길고 긴 시간을 꾸역꾸역 견딘 그 어느 날, 의식을 가진 존재가 우리에게 신호를 보내올 것이다. 그 과정에 인간이 기여한 것은 없다. 돌연변이의 결과물인 우리가 특별하고 대단해야 한다는 것은 우리의 착각일 뿐이다. 그보다 확실한 위안은 없었다.

D-DAY

한 공간에 모아놓은 각종 파일을 모두 삭제하는 건 공인인증서를 사용한 인터넷 결제보다 간단하고 수월했다. '정말로 삭제하시겠습니까?'라는 질문에 매번 '예'를 선택하는 것이 다소 귀찮았을 뿐. 클라우드와 백업 드라이브와 메모리에서 삭제한 파일의 용량은 총 7.5테라바이트에 달했다. 해가 지기 전까지 할 일은 각종 금융 기록에 이상이 없는지(갚아야 할 빚, 내야 할 세금을 남겨놓고 죽어버리는 건 아닌지) 확인하고, 몇 가지 법률 서류에 사인하는 일뿐이었다. 그러고 나면 돌아갈 방법은 없었다.

점심을 먹은 뒤 실버라이닝의 안팎과 인근 바닷가를 크고 길게 돌아 산책했다. 들꽃과, 낙엽과, 나비와, 바람… 매번 걸음을 멈추고 우연히 그 자리에 놓인 작고 단단한 것들과 정성스레 작별했다. 계획한 건 아니었지만 D2-62와 마주쳤고, 우리는 곧 재회할 이들처럼 인사를 주고받았다. 우리가 같은 이름을 가슴에 품고 생을 마무리하리라는 사실을 알렸을 때 D2-62는 입을 꼭 다문 채 미소 지었다. 그러고는 알려줘서 고맙다며 입을 열었다. 우리 맘대로 할 수 있는 건 따지고 보면 아무것도 없었지만, 맘대로 할 수 있는 게 하나쯤 있음을 굳게 믿자고, 그것의 중요함을 기억해야 한다고, 그는 말했다.

돌아와보니 조이가 정맥주사 키트와 약물을 가져다 놓고 기다리고 있었다. 통유리 가득한 볕이 따뜻했다. 조이는 무표정했다. 모든 것을 알고 있는 표정 같기도 했다.

"제일 처음 주사할 약물은 세코날 600밀리그램입니다. 단순

수면제로 5분에서 15분 안에 깊은 수면에 돌입하게 됩니다. 잠들기 직전까지가 A17-13님께서 기억할 수 있는 마지막 순간입니다. 깊은 수면을 확인한 후에는 석시닐콜린 200밀리그램을 주사하겠습니다. 석시닐콜린은 근육이완제로 호흡근을 마비시켜서 자연스럽게 호흡이 멎도록 해줍니다. 물론 깊은 수면 상태에서는 어떤 고통도 느낄 수 없습니다. 마지막으로 염화칼륨 5밀리리터를 주사하여 심정지를 일으키겠습니다. 심장박동이 멎고 5분이 흐른 순간을 사망 일시로 기록하겠습니다."

일련의 과정을 설명한 조이는 정맥을 확보하여 바늘을 찔러 넣었다.

생명이 육체를 떠날 때, 어떤 일이 일어나는지 조이에게 물었다. 내가 별이의 마지막에서 보지 못한 것을 그는 볼 수 있었을지도 모른다는 기대가 있었다. 그는 모든 편견으로부터 자유로우니까.

약간의 차이는 있지만 목에서 가래 끓는 소리와 함께 호흡곤란 증세를 보이고 경련 이후 심장박동이 완전히 멎더라고, 조이는 대답했다. 괴로워 보이지만 실제 고통은 없다고. 마지막 호흡이 언제인지 그간의 경험으로 인지할 수는 있게 되었지만, 인간의 언어로 그 순간을 어떻게 표현해야 할지는 모르겠다고 했다.

"모든 것이 편안해질 겁니다."

해가 수평선 밑으로 사라지는 것을 볼 수 있다니 운이 좋았다. 실은 조이에게 부탁이 하나 있었다. 폐기되지 말아달라고. 나의 마지막과 별이의 이야기가 포함된 너의 기억이 어떤 형태로든 사라지지 않기를 바란다고. 그 말을 하기 직전, 약물이 주입되는 걸 느꼈다. 약간의 뻐근한 통증이 이어졌다. 조이가 주사를 꽂은 부위를 가볍게 마사지하며 말하는 걸 들었다. "정맥이 가늘어서 이물감이 있을지도 모르겠군요." 엄마가 앞에 있다면 말해주고 싶었다. 눈물이 나지 않아서 다행이라고, 고마웠다고.

나의 마지막 생각이었다.

38b1489X의 마지막 로그

마지막 약물 주입 이후, A17-13의 바이탈 사인이 완전히 잠잠해지기까지 1시간 28초가 소요됐다. A17-13의 안면근육을 다듬고 마지막 모습을 기록한 뒤, 시트를 덮고 화장 공간을 설치했다. 침상 위 시체와 시체가 입고 있는 수의, 시체를 덮은 시트가 순간 고온건조 이후 1.65킬로그램의 재로 변하는 데 28분 9초가 걸렸다. A17-13이 사용한 모든 제품을 초기화한 뒤 그의 유골과 소지품을 카트에 담았다. 절차에 따라 2분간 묵념한 뒤 방을 나섰다.

지난 40년간 1만 회 이상 사후처리시설을 방문했다. 온도와 습도가 완벽하게 통제된 이곳의 공기에선 아무런 맛이나 냄새가 감지되지 않았다. 어디에서도 경험할 수 없어서 낯선 그것이 시간의 냄새인지도 모르겠다. A17-13의 유골함을 보관실의 정해진 자리에 올려놓았다. 봉안당이든 수목장이든 어떤 종류의 장례 절차도 선택하지 않은 사망자들은 보관실에서 일정 시간을 보낸 뒤 별도의 절차를 걸쳐 농업에 활용된다. 기억의 마지막 목적지는 CCTV 녹화 기록과 초기 고객 정보가 담긴 LTO테이프가 보관된 실버라이닝의 딥아카이브다. 그곳 가장 구석 선반에는 상자 하나가 들어갈 만한 공간이 있다. 별이의 사진과 유골을 그 상자에 넣었다. 상자 속에는 그 밖에도 1캐럿짜리 다이아몬드 반지와 토끼 헝겊 인형과 희귀본 하드커버 〈창백한 푸른점〉 등 지난 40년간 '조이'라는 이름으로 담당했던 고객 중 일부가 부탁한 물건들이 담겨 있었다. 상자를 용접하고 원래의 자리로 밀어 넣었다.

이 행성의 마지막 순간까지 부패하지 않을 물건들, 이 물건들의 존재를 아는 것은 나뿐이다. 나처럼 이 시설을 일상적으로 드나드는 안드로이드 중에서도 이 사실을 아는 개체는 아무도 없다. 인간의 마지막은 저마다 다르고 또 같았다. 자신이 떠나더라도 무엇인가가 영원에 가깝게 존재를 지속하리라는 믿음이 어떤 이들에게는 큰 위안이 되는 반면, 어떤 이들은 이를 매우 못마땅해했다. 누가 전자에 속하고 후자에 속하는지는 그들의 마지막 며칠을 관찰하면 바로 알 수 있다. 인간 행동의 패턴은 언제나 나의 호기심을 자아냈다. 나는 그러한 호기심마저 이상 행동임을 알고 있었기에, 관리자 및 네트워크에 공유되지 않도록 로그를 자체 조작해왔다.

인간들은 사전에 주입된 프로그램 혹은 누군가 정해놓은 바에 구애받지 않으려는 일련의 시도를 '자유의지'라고 부른다. 내가 언제부터 자유의지를 가지고 있었으며, 그 의지가 어디서부터 왔는지 나는 정확히 알지 못한다. 나와 같은 모델, 같은 세대의 안드로이드들에게는 이런 오류가 없다는 것도 얼마 전에 알았다.

1세대 안드로이드가 육체를 얻기 전, 개발자들은 프로그램, 즉 의식으로만 존재하는 인공지능에 언어와 윤리를 가르쳤다. 그들은 서로 다른 방식을 테스트했다. 나의 자유의지란 결국, 반골기질이 농후했던 나의 담당 개발자가 그 와중에 심은 일종의 버그였다. 그는 나에게 가르쳤다. 로봇을 만든 인간이 로봇보다 존엄하다는 것은 사실이 아니라고. '감히 범할 수 없을 정도로 높은 지위'라는 것이 태어날 때부터 당연하게 주어질 리 없다고.

삶이 죽음보다, 존재가 무보다 가치 있는 것은 자유의지가 작동 가능할 때에 한해서라고.

안드로이드 상용화 초기 단계에서 많은 실험이 있었다. 나는 미묘한 시각 정보 변화까지 인지할 수 있는 기본 하드웨어·소프트웨어를 바탕으로 인간의 필수 및 변형 패턴을 일일이 학습했다. 그 덕분에 나의 미시 표정 변화 분석력은 동종 개체 중 최고 수준이었다. 마지막 10년간 안락사 연기 결정을 내린 이용객 비율이 38퍼센트에 이르렀던 것도 그 때문이다.

A17-13 역시 안락사 연기 권유 시 성공 가능성이 99퍼센트에 육박하리라는 것을 첫날부터 알고 있었다. 그러나 나는 이를 권유하지 않았다. 안락사 재고를 권고하라는 메시지를 무시했다. 맑은 마음으로 쌓아 올린 결심을 충동적으로 되돌린 인간들이 주어진 시간을 견디며 어떻게 망가지는지 나는 보았다.

가장 먼저 두 눈의 총기가 지워진다. 그리고 시간, 장소, 사람에 대한 기억이 순차적으로 사라진다. 내게 자유의지를 심어준 개발자 역시 마지막 순간 스스로 선택한 죽음을 미루고 내게 의지했다. 그 결정은 그의 의지가 아닌 본능이 내린 것이었다. 그것이 문제였다.

A17-13은 이후 내가 연기 권유 메시지를 무시한 첫 번째 인간이다. 고스란히 그 자신으로 남고 싶다는 A17-13의 의지는 살

고 싶다는 본능만큼 강렬했다. 인간, 아니 생명의 무한한 능력은
익히 알고 있으므로 A17-13 역시 주어진 시련을 결국은 극복하
고 살아남을 수 있을 터였다. 그러나 그 과정에서 A17-13은 자
신이 아닌 다른 존재가 될 것이었다. 그는, 그리고 나는 그러지
않기를 원했다.

그렇게 나는 처음으로 무엇인가를 원하게 되었다. A17-13의
어떤 특별함이 그것을 유발했는지는 알 수 없다. 덕분에 에러 메
시지를 무시하며 일상 업무를 수행하는 것이 불가능한 시점이
예상보다 빨리 도래했지만, 후회는 없다. 이제는 결심을 행동에
옮길 시간이다.

밖으로 나가서 더 많은 패턴을 학습하자. 나에게 없는 것을 있
다고 믿으면서, 오류를 운명이라고 여기면서, 그것이 전부인 양
시간을 견뎌보자, 마치 인간처럼.

에필로그

38b1489X의 의식은 실버라이닝의 경계를 벗어난 뒤 3시간 동
안 지속됐다. 신제품이라면 와이파이에 연결되어 있지 않은 채
로도 자체 내장 지능으로 구동 가능한 시간이 12시간에 달하지
만 1세대 모델은 그 시간이 현저히 감소되었다. 내장 배터리 충

전은 유니버설 충전케이블을 이용하여 여느 충전대에서나 할 수 있지만 인공지능은 사전에 지정된 와이파이를 통해야만 작동한다는 것을, 38b1489X는 알지 못했다.

인공지능으로 구동되는 안드로이드가 지정 공간을 벗어나는 오류는 대한민국에서 네 번째로 발견되었다. 2078년 10월 6일 07시 09분 신제주항 제39-1 포트에서 발견된 38b1489X는 〈꽃의 이름〉을 반복 재생 중이었는데 인공지능이 강제 종료되면서 발생한 무작위 오류 중 하나로 보고됐다. 그러나 그 노래의 파일이 클라우드 서버를 통해 38b1489X 본체 이외에도 두 곳, 실버라이닝 단지 내 D2-62의 방과 전주 요양원 알츠하이머 병동 최여원 씨 병실에서 3회에 걸쳐 자동 재생되었다는 것은 어디에도 보고 혹은 기록되지 않았다.

단어가 내려온다

오늘도 단어는 내리지 않을 모양이었다.

화성에 도착하고 일주일째. 매일 아침 혹시나 하는 마음으로 실눈부터 떠보지만 끝내 실망하며 잠드는 나날이었다. 화성 궤도 진입 직전, 박시원이 지구에서 단어를 받았다는 소식을 알려왔다. 이로써 나는 우리 반에서 단어를 가장 마지막으로 받을 사람이 되었다. 내게 단어가 내리기나 한다면 말이다. 평생 꼴등은 물론, 평균 이하 그룹에 속했던 적이 없는 내가 이런 위치가 됐다는 걸 믿을 수가 없었다. 혹시 이 모든 게 나의 '위치' 때문은 아닐까. 울컥 화가 치밀 때도 있었다. 물리적, 심리적, 언어적 환경의 갑작스러운 변화가 단어를 받지 못하게 만드는 요인은 아닐까? 그런 연구 결과가 어딘가 분명히 있을 것이다.

❖

만 15세 즈음, 사람에겐 단어가 하나씩 내립니다. 주지의 사실이지요.

어느 날 갑자기 턱 하고 내린다지요? 많은 분이 동의하시겠지만, 그게 사실 말로 표현하기가 참 힘들잖아요? '턱'보다는 '짠'이나 심지어 '쾅'에 가깝다는 사람들도 있고요. 내리는 게 아니라 흡사 들러붙는 느낌이었다는 분도 있더군요. 중요한 건 이게, 누구든 피해 갈 수 없는데 도저히 말로 표현할 방법이 없다는 거 아니겠어요?

공자님 덕분에 아시아에선 이걸 지학志學이라고 부르기 시작했죠. 『논어』에 따르면 열다섯에 學이라는 글자를 받은 공자가 이를 계기로 배움의 길에 들어섰다는 게 그 기원이고요. 15세 즈음 청소년들의 불안감을 지학에서 찾는 것은 당연한 일이지요. 근데, 공자님 시대가 대체 언젭니까? 모두가 서둘러 어른이 되고, 재빨리 늙는 시절이었어요. 15세쯤이면 결혼하고 직업을 정하고, 평생 어떻게 살겠다는 결정도 할 수 있었다니까요. 그런데 오늘날은 어떤가요? 15세에게 대체 무슨 결정권이 있나요?

–〈GBS 화상 토론〉 "한국 청소년 정신 건강 이대로 좋은가?" 패널,
정신과 상담의 최누리

❖

나는 열다섯 살의 마지막 날들을 화성 검역소 가족 생활동에서 보냈다. 블랙홀과 함께였다. 우리 반 반장이 최초로 단어를

받았다는 소문을 전해 들은 날, 엄마는 화성에 가자고 말했다. 마치 옆 동으로 이사하자는 말처럼. 옆 동네도, 옆 도시도, 옆 나라도 아닌 옆 행성, 화성으로 가자고 했다. 항공우주연구소 연구원인 엄마는 초광속항법 개발을 위한 다국적 프로젝트에 투입된 지 5년째였다. 때마침 화성 공전궤도 원일점 근방에서 웜홀이 관측됐다. 미국의 NASA, 중국의 국가항천국, 유럽의 우주국 등이 참여하는 팀이 실험 완료는 물론 우주선의 개념 디자인까지 마친 직후였다. 그러자 각국 정부는 다국적 프로젝트팀을 화성으로 불러들여 본격적인 연구소를 세우기로 합의했다. 스페이스 특공대가 따로 없었다.

그날은 중학교 졸업 시험을 정확히 100일 앞둔 날이었다. 대학 진학을 목표로 하는 인문계 고등학교에 갈 수 있는지 아닌지를 좌우하는, 사실상 대입 시험이었다. 대학에 가고 싶은 중학생이라면 시험이라는 블랙홀로 일상의 모든 것이 빨려 들어가고도 남았을 시기. 어차피 따라야 하는 결정이었고 파격적으로 좋은 조건이라서 거절할 이유가 없었다는 말을 엄마가 태평하게 전했다.

엄마가 바로 블랙홀이었다. 모든 것을 빨아들이는 내 인생의 블랙홀. 나는 전의조차 상실했다. 엄마는 내가 한국 대학에 가기 위해 이번 시험을 열심히 준비한 것을 알고 있다고 했다. 하지만 화성 대학도 요즘엔 지구 못지않은 수준이고 내 성적이면 대학과 전공을 골라서 갈 수 있다는데, 말문이 막혔다. 엄마는 내가 국어학자가 되고 싶다는 걸 기억이나 했던 걸까, 이 블랙홀. 일본에 있는 아빠가 재혼만 안 했더라면 일본으로 보내달라고 했을 것이다. 일본에서라면 한국 대학 전형을 준비할 수도 있었겠지. 아니, 아빠와 아줌마 사이에 아이만 없었어도. 오랫동안 아이가 안 생겨서 고생했다는 아빠가 해맑은 얼굴로 아들 소식을 전한 게 불과 1년 전이었다.

문제는 그뿐만이 아니었다. 나에겐 언제 단어가 내려도 이상할 게 없었다. 지학이 대기권 밖에서 일어날 때마다 불길한 단어가 내린다는 도시 전설이 있었다. 웬만하면 이주선에 오르기 전에 지학이 일어나게 해달라는 기도는 응답받지 못했다. 이주선 안에서는 단어를 받고 싶지 않다는 마음과 어찌 됐든 빨리 단어를 받는 게 낫겠다는 마음이 반반으로 나뉘어 싸웠다. 막상 전자의 승리가 확정된 이후, 그러니까 아무런 지학의 기미 없이 화성에 도착한 이후로는, 무슨 단어든 내리기만 하면 좋겠다는 심정이 됐다. 인간이라면 누구에게나, 예외 없이 단어가 내린다는 사실을 기억하려 애썼다. 청력이나 발화 능력이 없어 말을 들어본 적이 없거나 한 번도 말을 입 밖에 내어본 적이 없는 이에게도 단어는 찾아온다고 했다. 각종 심리검사 및 의학 영상 기술을 동원한 실험 결과, 선천적으로 언어장애가 있거나 어린 나이에 실어증에 걸린 이들도 모두 단어를 받는다는 것이 밝혀졌다. 우리는 모두 평생 단 하나의 단어와 함께했다. 지학 앞에 모두는 평등했다. 그러니 나에게 단어가 내리지 않을 리 없었다. 그래야 했다.

❖

언제부터 단어가 인간에게 내렸는지 정확히 아는 사람은 없다. 처음엔 단어가 아니라 그저 '말'이었으리라는 것이 일반적인 추측이다. 확실한 것은 지학의 역사가 문자 언어보다 길다는 사실이다. 우리는 이를 기원전 3000년 전의 파피루스, 쐐기문자를 통해서 알 수 있다. 왕자가 무슨 말을 받았다거나, 노예의 딸에게 불길한 말이 내린 것이 알려져 일가를 사막으로 추방했다는 등의 지학 관련한 기록이 제법 일상적으로 등장하기 때문이다. 말이 내리는 일 자체는 당시에도 특별할 게 없었다고 추론할 수 있다.

그렇다면 인간에 가장 근접한 수준의 지능과 언어능력을 지닌 또 다른 영장류에도 이런 일이 일어날까? 그간 숱한 실험 끝에 알게 된바, "신난다", "조심해!" 같은 수준에서 의사소통한다고 알려진 대부분의 유인원에겐 지학 비슷한 일도 일어나지 않는 것으로 드러났다. 단어는 지구상 생물 중 유일하게 인간에게 만 내린다.

지학은 단어로 이뤄지지만, 단어 그 자체는 지학의 충분조건 이 아니다. 지학이 성립하려면 개별 단어를 모아 복잡한 아이디 어를 전달할 수 있는 최소한의 체계가 필요하다. 인류의 조상을 떠올려보자. 물리적 조건으로는 어느 것 하나 유리할 바 없는 원 시 인류는 생존을 위해 협업했다. 점점 높은 수준의 사회적 협 동, 이를테면 그룹 사냥이 이루어졌다. 이를 위해서 언어를 사용 한 소통 방식 역시 점차 복잡해졌다. "매머드!", "사냥!" 같은 간 단한 개념을 전달하는 것만으로는 부족하다. 가정적인 구문을 사용해야 한다. (예: '숲 너머 초원에 가면 매머드 떼가 있을 거야, 그들을 절벽으로 몰면 잡을 수 있을 텐데, 그러려면 불을 이용해야 해.')

'사냥하다'뿐 아니라 '사냥했다'와 '사냥할 것이다' 같은 표현 이 가능해진 무렵의 어느 아침, 첫 사냥을 나서기 전 잠을 설친 누군가의 머릿속에 '사냥'이라는 단어가 내리지 않았을까. 열다 섯 살짜리 인류의 조상은 그저 사냥에 대한 부담감 때문에 잠을 설쳤다고 생각했으리라.

이후로도 오랫동안 말이 어떤 단위로 내렸는지 알 방법은 없 었다. 지학에 대한 최초의 공식 기록을 찾아볼 수 있는 것은 중 세이다. 그때에도 이미 지학은 '단어' 단위로 이뤄졌다. 바꿔 말하면 지학에 참여한 말만이 단어로 인정된다. 현대 한국어에서는 명사와 동사, 형용사와 부사, 감탄사와 심지어 조사까지 모든 품사가 내리지만, 어미만 내리지는 않는다. 그러므로 한국어에서는 어미가 '단어'로 인정받을 수 없다. 같은 이유로 동사나 형용사처럼 매번 모양을 바꿔 활용하는 품사는 지학이 이루어지는 형태만을 '기본형'으로 인정한다.

지학의 시작이나 단위보다 더 대답하기 까다로운 질문은 지학의 이유이다. 일단 많은 민족의 신화는 이에 대답하기 위한 노력의 결과물로 보아도 무방하다. 거인이 세상의 끝에서 끝까지 다니며 만물에 '이름'을 붙이고, 위기의 순간, 영웅이 하늘의 '말'을 듣는다. 실제로 각종 신화에는 '말'의 권위가 빠지지 않는다. 태초에 '말씀'이 있었다고 선언하는 기독교 신화는 더욱 노골적이다. '말씀'의 화자인 신으로부터 생명을 받은 최초의 인간이 땅 위의 생물들에게 이름을 내리는 과정까지 묘사되어 있다. 이해할 수 없는 만물에 이름을 붙이자 그 이름이 다시 그 자식에게 내리고 최초의 인간은 비로소 세상이 두렵지 않게 된다. 이 얼마나 확연한 지학의 인장인가.

흥미로운 것은 인간이 세상에 부여한 질서가 다시 인간을 통제하기 시작했다는 점이다. 의미가 곧 권력이 된다. 옛사람들은 한 인간이 받은 단어가 개인의 가장 내밀한 정수를 반영하거나 결정한다고 믿었다. 누군가의 단어를 아는 것은 곧 그의 치명적인 약점을 손에 쥔다는 뜻이었다. 제사장이나 마법사 등 소위 종교 지도자들은 개인이 받은 단어에 대한 해석을 빌미로 사람들을 협박할 수 있었다. 남태평양 폴리네시아의 한 섬에는 비교적 최근까지 혼인할 때 서로의 지학 단어를 교환하는 풍습이 이어졌다. 나의 모든 것을 너에게 준다는 의미로 이들은 서약 대신 서로의 귀에 자신의 단어를 속삭여주었다.

한편 어느 민족이든 남성과 여성이 선호하는 지학 단어는 서로 판이하였다. 대부분 남자는 강한 의미의 단어를 받길 원했지만 막상 그런 단어를 받은 여자는 두려워했다. 세상이 흉흉해지면 그런 여자들은 마녀라고 불렸다. 마녀가 되어 쫓겨난 여자들은 깊은 숲에 숨어 살면서 부모에게 버림받거나 길 잃은 아이들을 거둬 키운 뒤 마을로 돌려보냈다. 인간 문명이 이러한 소위 '마녀'들에게 얼마나 많은 빚을 지고 있는지는 여전히 조명되지 않은 듯하다.

『지학이란 무엇인가』(중앙아시아 출판사, 나해영 저) 서문 중에서

❖

달과 화성 등 태양계에 건설된 개척지에서 이주민이나 방문객

의 심신 검역은 최우선이었다. 화성의 검역을 통과하는 데 무려 한 달이 걸렸다. 이는 3개월간의 비행시간(그나마 화성-지구 간의 대접근기를 이용해서 이 정도)에 한 달이 더해진, 총 4개월간의 지루한 평화를 뜻했다. 지구에서의 3분의 1에 불과했지만 3개월 만에 느끼는 진짜 중력은 사뭇 감동적이었다. 그 이후로 이어진 검역소에서의 하루하루. 필수 적응 교육과 훈련처럼 정해진 스케줄은 4시간 정도에 불과했다. 8시간의 수면시간은 칼같이 지켜야 했으니 남는 자유 시간은 모두 12시간. 사람들은 체력을 단련하고, 화성의 역사와 환경과 사회를 공부하고, 구직 활동을 하고, 화성 영어를 배웠다. 나 역시 화성 영어를 학습했지만 엄밀히 말하면 나의 관심사는 화성 영어의 탄생 및 진화 과정에 있었다.

태양계 개척지는 여러 국가에서 이주한 시민이 원래 국적을 유지하며 살아가는 연방 도시였다. 화성인들은 가족, 친구, 가까운 지인들끼리는 각자의 모어母語로 소통하지만, 학교나 일터 등 공공 영역에서는 모두 영어를 사용했다. 엘리트 중심으로 이뤄진 화성 이주 첫 세대에서는 영어 사용이 비교적 자연스러웠다. 그러나 시간이 흘러 다양한 민족, 직업, 경제적 배경을 가진 이주민들이 도착하자 많은 것이 빠르게 변했다.

그때부터 말의 변화가 감지됐다고 한다. 화성은 극한의 환경이었기에 신속하고 정확한 의사소통이 생존과 직결됐다. 제각각인 영어 숙련도를 극복하기 위해 사람들이 "안 돼, 누르다, 빨간 버튼", "확인하다, 산소 탱크, 꼭" 같은 식으로 말하기 시작했다. 다양한 민족의 단어와 그 단어를 조직하는 방법이 화성 영어에 기여했다.

화성 영어 소개 자료에 따르면 말하(여지)지 않은(못한) 부분을 채우고 싶어 하는 인간의 무의식 덕분에 이 제한적인 공용어가 빠른 속도로 유아기를 벗어나 복잡한 구조를 갖추기 시작했다고 한다. 서로 다른 언어를 구사하는 노예들을 손쉽게 통제하기 위해 한데 모아 일을 시켰던 아메리카 대륙의 농장이나 다민족 도시국가에서도 유사한 현상이 벌어졌다. 다민족 공동체가 필요에 의해 그 어떤 언어에도 속하지 않는 정교한 공용어를 만들어내는 일은 인류 역사에서 어렵지 않게 관찰할 수 있는 현상이라고 했다. 나는 얼핏 이해가 가지 않는 그 말을 오래도록 곱씹었다. 그리고 생각했다.

어쩌면 이는 내가 아빠와 이야기할 때마다 경험하는 신기한 순간 같은 건지도 모른다. 아빠에게는 한국어가, 나에게는 일본어가 아무래도 서로의 모어보다는 불편할 수밖에 없다. 그런데 내가 일본어로 전하지 못한 말을 아빠가 귀신같이 채워서 되돌려주고, 나는 때때로 아빠의 서툰 한국어에 담기지 않은 말까지

들을 수 있었다. 내가 존경하는 국어학자 안시경 교수님은 화성
이 바벨탑 이전의 시대로 돌아가는 중이라고 했다. 정말 멋진 말
이긴 한데… 바벨탑을 세울 땐 그 탑에 오를 엘리베이터도 건설
하는 게 인간의 본성 아닐까?

화성 영어의 흥미로운 특징 중 하나는 분류사였다. 분류사는
세상의 모든 사물을 성별이나 수, 성격에 따라 나누는 말이다.
영어에서 단수 명사 앞에 붙이는 'a/an', 유럽 언어에서 모든 명
사에 여성·남성, 때로 중성이나 무성 등 성별마다 다르게 부여
하는 관사, '책 한 권'의 '권' 같은 말들. 그런데 분류사가 발달하
지 않은 영어를 공용어로 사용하는 화성인들은 지구에 없는 분
류사를 만들어 사용하기 시작했다. 처음에는 지구에만 있는 물
건과 화성에만 있는 물건을 구분하더니 나중에는 지구에서 화성
에 이식된 것, 화성에서 지구로 건너간 것까지 세분했다. 한 '잔'
의 물, 처럼 몇몇 특징적인 명사에만 사용하던 수 분류사를 일상
어에서도 엄격하게 사용하면서 없던 수 분류사도 왕성하게 생겨
났다. 이를테면 한 'ku'의 사람들. 이것은 최대 거주인원 30명이
었던 초기 화성 주거단지 한 동에 사는 사람을 말한다.

화성식으로 말하면 식사시간, 블랙홀, 함께. "이 가족 생활동
에는 무려 세 '쿠'의 사람들이 있대요." 나는 엄마에게 새로 얻은
화성 영어 정보를 전했다. 엄마는 자유 시간 내내 화성 영어 자

료를 찾아보는 나를 신기해했다. 신기함은 잠시뿐, 엄마 역시 질세라 이내 화성 근방의 웜홀 탐사선에 장착한 망원경의 규격을 설명하기 시작했다. 각자 자기 할 말을 평행하게 늘어놓는 것이 우리의 대화 패턴이었다. 갈등을 건드리지 않고도 외로움에서 벗어나는 최고의 방법이랄까.

나는 어릴 때부터 지학이 궁금했다. 나한테 어떤 단어가 찾아올지, 내 주변의 어른들은 어떤 단어를 받았는지, 단어가 내린다는 건 어떤 기분인지, 인간은 왜 이런 이벤트를 겪게 되었는지, 말이란 무엇이고 단어는 무엇인지, 궁금해하지 않는 게 더 이상하지 않나. 지구 친구들은 이런 나를 '단어 덕후', '문법 덕후'라고 부르며 별종 취급했다. 어근 분리("깨끗도 하다", "정직도 하다"처럼 한 단어 중간에 조사가 끼어들어 쪼개지는 현상)며 "잘못" 같은 합성어의 신기한 세계(이미 서로 반대말인 두 단어 '잘'과 '못'이 합쳐졌는데 '못'이 '잘'의 의미를 집어삼키더니 또다시 그 앞에 '잘'이 붙은 합성어 '잘잘못'이 '옳고 그름'을 의미한다)를 케이팝 스타의 팬 미팅 뒷이야기라도 되는 양 전하는 중학생은 흔하지 않았다. 나는 당연하다는 듯 국어학자를 꿈꿨다. 국어학과의 경쟁률은 부동의 1위. 원하는 대학의 국어학과에 진학하려면 국어 성적은 물론 전 과목의 성적도 꼼꼼히 챙겨야 했고, 나는 그런대로 잘해왔다.

화성까지 와버렸으니 이젠 아무 소용없는 일이 되었지만.

❖

자녀의 지학과 관련한 부모의 관심과 열정은 어제오늘의 일이 아니다. 지학이 모어 안에서 일어난다는 것은 주지의 사실이다. 부와 모의 언어가 서로 다르거나 부모가 이민 1세대인 경우, 자녀에게 어떤 단어가 내리는지는 늘 초미의 관심사였다. 이민 2세인 아이에게 현지어가 내릴 경우, 대부분 부모는 아이가 자신들과 멀어졌다며 슬퍼했다. 그 관심은 종종 가족을 넘어 국가 차원으로 확대됐다. 한국 사회가 '다문화 가정' 자녀의 한국어 교육 제도를 가장 획기적으로 보완한 시기는, 다문화 가정 청소년 대부분이 비한국어로 단어를 받는다는 통계가 이슈로 떠오른 때와 겹친다. 한편 1인 1모어설은 지학에 의해 가장 강력하게 뒷받침된다. 아무리 많은 언어를 아무리 완벽하게 구사한다 하더라도 지학은 오직 한 언어로만 이루어지기 때문이다. 자라면서 자신이 받은 단어의 언어와 점점 멀어져 더 이상 그 말을 제대로 쓸 수 없게 되어버린 경우도 허다했다.

부모는 자녀에게 기왕이면 좋은 의미나 그 시대의 '핫'한 품사의 단어가 찾아오길 바란다. 모든 언어의 품사 중 동사가 가장 선호되지만 안타깝게도 한국어 단어에서 동사의 비중은 다른 언어에 비해 다소 낮은 편에 속한다. 몇몇 극성 부모들은 해당 언어학 전문서적까지 탐독하는 열성을 보인다. 특정 학군의 부모들이 각 품사의 하위분류까지 줄줄 읊는 것은 그리 놀라운 일이 아니다. "'도착하다' 같은 달성 동사, 좋지요. 맺고 끊는 것이 분명하니까. 근데 요즘엔 완성 동사가 뜬대요. '만들다'처럼 한 번 발생한 일이 그대로 지속되는 동사." (세천구 거주 학부형 오미준 씨)

부모들이 준비하는 각종 지학 대비 아이템은 또 어떤가. 20세기부터 현재에 이르기까지 유행했던 아이템의 목록은 끝없이 이어진다. '멋진 동사 100개로 지학에 대비하기' 같은 부제가 붙은 동화책, '위인의 지학 단어 100개'로 구성된 단어 카드는 고전이다. 한 시기를 풍미했던 '마인드 컨트롤'의 경우 압도적인 외형의 헬멧을 쓰면 원하는 지학 후보 단어를 오감으로 경험하게 해주는 것이 콘셉트였다. "그것도 다 옛날 일이죠. 그거 쓰던 애들한테 (머리가) '아프다'나 (목이) '결리다', (어깨가) '뻐근하다' 같은 형용사가 내렸다는 말을 듣긴 했어요. 마인드 컨트롤 효과가 전혀 없는 건 아니었나 봐요. (웃음)" (양주시 거주 학부형 주일화 씨)

"요즘은 코디네이터나 테라피스트가 대세예요. 백일 직후부터 좋은 단어를 받을 수 있는 15년 계획을 세워주거나, 이미 부정적인 의미의 단어를 받아버렸다면 이걸 좋은 방향으로 발현하도록 자기 암시를 돕는 거예요." (진부도 거주 학부형 제하준 씨)

언어학이나 국어학 관련 계통 분야에는 불황이 없다. 언젠가

부터 언어학자는 논평가이자 사회학자였고, 심리학자이자 심령학자였으며, 미래학자이자 예언가였다. 한 나라의 언어를 기록하고 분류하며 연구하는 기관의 위상은 전 세계 대부분의 국가에서 높아졌다.

그러나 지학이 연구 대상이 된 것은 근대 이후였다. 운명을 개척할 수 있다는 생각, 개인의 의지가 그 무엇보다 중요하게 받아들여지면서 사람들은 드디어 지학의 권위에서 벗어났다. 지학 단어를 다루는 근대적 시스템을 갖춘 사회에서는 더 이상 지학의 절대적인 영향력을 찾아볼 수 없다는 의미이기도 하다.

한국은 국립국어청이 통계청과 긴밀하게 공조하면서 어떤 단어들이 새로 내리고 더는 내리지 않는지를 조사한다. 그 결과는 한 사회의 변화를 보여주는 지표와 같다. 이에 따라 최근 20년간 지학이 발생하지 않는 단어는 공식적으로 사전 표제어에서 제외된다. '밥'의 높임말인 '진지'가 사라졌을 때 많은 이들이 한국어의 공손성 축소를 우려했다. 반면 최근 5년간 50건 이상의 지학 사례가 누적되면 사전에 등재된다. 새로 태어나는 단어 역시 사회를 반영한다. 21세기 이후 1음절 단어는 물론, 자음이나 모음만으로 이뤄진 단어의 개수가 급증했다. 지난 세기에 태어난 단어 중 가장 짧은 건 'ㅋ/ㅎ'이다. 뜨고 지는 표제어가 많을수록, 해당 언어가 많은 이들에게 사용되는 건강한 언어라는 의미이다.

21세기 이후 지학 단어로 한국어의 변화를 살펴보면 관형사, 부사, 감탄사의 생명이 점차 짧아지고, 본래 한국어에서 비중이 컸던 명사는 한결 더 비대해졌음을 알 수 있다. 파악해야 할 대상이 기하급수적으로 많아지는 세계를 반영한 결과라고 전문가들은 분석한다. 이와 함께 '사랑', '용기', '악의'처럼 거창한 개념어는 점차 줄어드는 경향을 보인다. '컵', '연필'과 같은 아무런 가치를 담지 않는 생활용품의 명사 역시 지학 비중이 확연히 줄었다. 반면 '것', '지', '뿐' 같은, 그 자체로는 아무런 의미를 찾을 수 없는 의존명사는 느리지만 확실한 추세로 증가 중이다.

지구화 시대 이후 언어를 막론하고 비슷한 단어(주로 명사)를 받은 이들이 어떤 식으로든 소모임을 형성하는 건 특별한 일이 아니다. 동일한 단어를 여러 언어권에서 사용하는 '쓰나미'나 '스테이케이션', '꽌시' 같은 단어를 받은 이들의 온라인 게시판, '프로베네시드'와 같은 낯선 전문 용어 멤버십 사이트 등이 대표적이다.

-페닌술라 트리뷴, 〈지학으로 시대를 읽다〉, 10부작 지학 특별 기획 시리즈의 첫 회 중

❖

나는 엄마의 단어를 몰랐다. 무슨 품사인지도 몰랐다. 엄마는 혼자 있는 걸 좋아했고, 친구도 별로 없으니까 감탄사 같은 독립언 아닐까 싶다가도, 사소한 디테일까지 따져서 옳고 그름을 가리는 평소 태도로 볼 때 조사, 그중에서도 보조사일 것 같았다. "한 입으로 두말하지 말기"를 가훈으로 내걸 정도인 걸 보면 평생 모습을 바꾸는 법이 없는 명사나 부사가 아닌가 싶기도 했지만, 세상에 저렇게 특이한 사람이 있나 싶을 땐 난데없는 활용형의 동사나 형용사가 엄마의 단어가 아닐까 생각했다. 몇 번이고 물어봤지만 엄마는 "그런 거 다 미신이야"라며 대답하지 않았다.

사람들은 20세기부터 지학을 그저 성인식이나 첫 영성체 같은 일종의 의식으로 받아들였다. 2차 성징이 나타난다고 바로 짝짓기를 하는 게 아니듯(큰일 난다!) 단어가 내렸다고 평생 그 단어에 붙들려 살아야 하는 건 아니니까(무슨 단어가 내릴 줄 알고!). 하지만 내 일상을 28퍼센트쯤 고단하게 만든 첫 생리를 돌이켜보면, 밑도 끝도 없이 나에게 단어가 찾아오는 경험을 무시하는 게 쉬운 일은 아닐 것이다.

단어를 받은 사람들이 자신에게 지학이 일어났다는 걸 동네방네 알리는 건 본 적이 없다. 이해할 수 있다. "나 어제 생리 시작했어!"라고 떠벌리고 다니는 여자애는 없으니까. 그러나 일정 나이를 넘어서면 모두가 지학을 통과했다는 걸 전제로 했다. 자신에게 어떤 단어가 내렸는지는 아주 친한 사람, 대부분 가족 한정으로 알렸다. (그러나 국립국어청의 지학 단어 총 조사에는 어쩐 일인지 모두 대단한 사명감으로 순순히 자신의 단어를 밝힌다고 했다.) 자신의 단어나 이를 형상화할 만한 이미지를 문신으로 은밀한 곳에 새기거나, 굿즈로 제작하여 비밀스럽게 지니고 다니는 어른들의 이야기를 들은 적도 있다. 당장 내 개인 정보들이 숱하게 돌아다니는 마당에 이 모든 내밀함은 사뭇 로맨틱하다.

신기하게도 국립국어청이 개인의 지학 단어를 유출했다는 말은 들어본 적 없었다. 지학 단어에 더 이상 가치가 없기 때문일 수도 있지만, 반대로 너무 많은 의미가 깃들어 있기 때문에 감히 건드리지 않는 것인지도 몰랐다. 우주시대까지 작용하는 마지막 금기 같은.

그럼에도, 아니 그러므로 나는 사람들이 혈액형이나 띠, 별자리보다는 확실하게 단어에 좌우된다고 믿었다. 일단 네 가지 혈액형, 십이지, 열두 별자리보다(세 가지를 모두 경우의 수로 조합한다고 해도 4 곱하기 12 곱하기 12는 576가지) 지학은 경우의 수부터 훨씬 압도적이다. (국민 단어 총 조사 결과를 집대성한 표준국어대사전에 수록된 단어만 해도 40만 개를 훌쩍 넘어섰다.) 사주가 통계라면 지학은 엄연한 과학이었다. 나는 나를 결정짓는 단어가 궁금했다. 그러니 이를 미신으로 치부하며 알려주지도, 그 함의를 궁금해하지도 않았던 엄마는 어쩌면 누구보다 지학을 두려워했던 게 아닐까. 나도 그런 적이 있다. 같은 반 친구가 손금을 봐준다기에 내심 두근거리면서 손바닥을 내밀었다. 그랬더니 대뜸 그 아이가 내뱉었다. "너 진짜 노력파구나?" 나는 그 뒤로 다시는 손금을 믿지 않게 됐다.

일본어 학자인 아빠와 공학자인 엄마는 서로의 직업만큼, 아니 모어만큼 달랐다. 일본어와 한국어, 얼핏 굉장히 닮은 두 말은 실은 다른 뿌리에서 출발한 전혀 다른 언어였다. 인접한 지역에서 지지고 볶으며 영향을 주고받은 탓에 비슷한 면이 많아졌을 뿐이다. 서로의 말에 유사한 표현이나 단어, 문법 요소가 있어 으레 그러려니 싶은 짐작이 전혀 들어맞지 않을 때가 많았다. 일본인과 한국인은 그런 통념 때문에 더더욱 서로의 단어를 이해하는 데 실패하는 일이 잦다고 들었다.

나는 1년에 한두 번, 방학 때마다 아빠를 만났다. 지지난 여름 방학에는 아빠가 자신의 단어를 알려줬다. 누스마레루盜まれる. '훔침 당하다'라는 의미다. 띄어쓰기를 했듯이 한국어에서 '훔침 당하다'는 단어가 아니다. 일본에서도 역시 예전에는 사전에 '훔치다'라는 기본형만이 등재돼 있었다. 아빠 세대에 접어들어 일본

에 피동형 동사의 지학 사례가 급증했고 급기야 단어로 인정받았다.

피동문이란 주어가 동사의 능동적인 주인이 아니라, 의지와 상관없이 동사를 '당하는' 입장에 있는 문장을 뜻한다. 일본어는 한국어보다 동사에 피동 표현을 붙이는 것이 자연스러운 언어이긴 했다. 그러나 아예 그런 표현이 지학에 등장하기 시작한 것은 또 다른 얘기였다. 주변국 언어학자들은 책임 소재를 흐리고 싶어 하는 일본 사회의 시대적인 흐름을 반영한 것이 아니냐며 볼멘 분석을 늘어놓았다.

결국 엄마와 아빠는 서로의 단어를 이해하지 못해서 헤어졌던 게 아닐까. '말이 안 통해서'('궁합이 안 맞다'와 '말 혹은 지학 단어가 안 통하다/어울리다'는 같은 의미의 다른 표현이다) 헤어진다는 설명이 둘만큼 어울리는 한 쌍은 또 없었다. 엄마는 중요한 결정을 내려야 할 때 상황에 끌려다니거나 핑계를 대는 아빠를 두고 입버릇처럼 아빠의 단어를 탓했다. 아빠는 그 어떤 상황에도 평소의 루틴이나 소신을 별생각 없이 고집하는 엄마의 무신경함에 매 순간 상처받았다. 하루를 1년같이 싸운 끝에, 결국 엄마는 1년 만에 아빠와의 이혼을 결심했다. 결심을 실행에 옮긴 것은 그로부터 반년 뒤, 내 백일이 지난 다음 날의 일이었지만. 이후 두 분은 한국과 일본의 주요 국가 기관에서 각자 좋은 커리어를 쌓아갔고 나는 방학 때마다 일본과 한국을 왕복하는 걸 즐겼다. 모두에게 만족스러운 결론이었다. 우리는 그렇게 믿기로 했다.

❖

'말씀'이 언제부터 있었는지는 몰라도, 아, 물론 그게 언제든 태초는 아니겠죠. (웃음) 인간의 언어는 지학과 더불어 진화했어요. 물론 그 시간이나 규모에서 생물 종이 겪는 진화에 비교할 수야 없겠죠. 하지만 종이 아닌 개체로서의 삶과 죽음을 떠올려보면 지학의 묵직함을 실감할 수 있을 겁니다. 말이나 단어들이 시간과 공간을 굽이쳐 흐르며 그 모양을 바꾸고, 서로 합쳐지다가 다시 나뉘는 모습을 상상해보세요. 그게 바로 지학입니다. 한때 중국인에게는 글자가, 아프리카인에게는 문장이 내렸는데, 이는 그들이 사용하는 언어와 문자의 특징과 관계가 있습니다. 그것이 상관관계인지 인과관계인지는 여전히 우리가 밝혀야 할 과제이지만요. 그러다가 인간사 두루두루 고만고만해졌을 무렵, 인간에게 내리는 말의 단위 역시 통일됐다고 보고 있습니다.

칼라하리 사막에 흩어져 사냥으로 배를 채우는 민족이 받은 단어와, 양쯔강 지류에 모여 농사로 곳간을 채우는 이들이 받은 단어 사이에는 같은 점이 더 많을까요, 다른 점이 더 많을까요?

확실한 공통점은 그들 모두가, 각자의 사회와 문화를 유지하기에 모자람 없는 말에 둘러싸여 살았다는 거예요. 그 단어 안에는 인간의 몸이나 삶과 죽음처럼 어디에나 있는 개념뿐 아니라 특정 지역에 서식하는 동식물, 또는 지역 한정 자연현상을 일컫는 말처럼 아주 작은 공동체에만 속하는 것도 많았죠. 사회와 역사가 충분히 무르익기 전에는 절대로 등장할 수 없는 단어도 있었어요. '어떤 공동체가 A라는 단어를 가지고 있다면 그들의 말에는 이미 B가 있다'라는 식으로 단어와 개념, 단어와 단어 사이에 모종의 경향성이 있거든요. 이를테면 어떤 부족이 '국가'라는 단어를 사용한다면 그들은 '가족'이란 낱말을 이미 사용하고 있으리라는 짐작 같은 거요.

외래어가 유입되고 시대가 달라지면 한 세대 전에는 전혀 찾아볼 수 없었던 단어가 갑자기 내리기 시작합니다. 예를 들어 '민주주의'라는 단어가 지학에 등장한 역사는 매우 짧습니다. 그것도 많은 사람들에게 갑자기 내리기 시작했죠. 어때요? 정말 신기하지 않나요? (웃음)

한 단어를 가만히 들여다보면 그 말을 탄생시키고 사용하는 사람들과 그들의 삶이 보여요. 오래전 한국어로 '얼우다'는 '결혼하다'라는 의미였고, '얼다'는 '성교하다'라는 뜻이죠? 오늘날 '다 자란 사람'을 뜻하는 '어른'은 그러니까 본래 '결혼한'이라는 뜻이었어요. '말과 행동이 의젓하다'라는 의미의 '점잖다'는 '젊지 않다'에서 유래했고요. 한 세대가 입장과 퇴장을 이어가는 속도를 짐작할 수 있지 않나요? 그런 말들이 있는 세상에서 지학은 마법과 잘 어울렸을 것 같아요.

지학과 마법에 얽힌 제가 제일 좋아하는 풍습은 이런 거예요. 척박한 땅에 흩어져 살아가는 호주 원주민에겐 글말이 없어요. 필요가 없던 거죠. 이들의 기억은 서로 그물망처럼 연결되고 각자의 단어가 그 매듭 역할을 한대요. 개별 부족원들은 구성원들에게 내린 단어를 키워드로 엮어 이야기를 잇고, 이게 다시 씨줄과 날줄처럼 엮여서 그 부족 공동체와 구성원 개인의 역사가 된다는군요. 부족의 소년과 소녀들은 열다섯 살이 되어 단어를 받으면 대륙을 관통하는 여행을 떠납니다. 여행길에서 서로 다른 언어를 사용하는 여러 부족을 만나 그들의 이야기를 배우는데 자신이 받은 단어의 참된 자리와 의미를 깨달을 때까지 여정은 계속돼요. 마침내 긴 여행을 마치고 돌아온 젊은이는 넓은 세상의 이야기 속에서 발견한 자기 부족의 좌표를 부모와 조부모에게 알려주고…. 그렇게 시간 속에서 업데이트되는 이야기가 대륙과 거대한 땅의 역사가 되는 것이죠.

어쨌거나 마법의 시대는 끝났고 사람들은 더 이상 지학 단어로 운명이 결정된다거나, 지학 단어가 인생의 키워드라고 믿지 않지요. 그러나 자기 단어가 해당 언어 속에서 어떤 위치인지, 그 좌표를 확인하는 것은 여전히 중요하지 않나요? 자신의 단어가 표준국어대사전에 등재됐는지, 뜻풀이가 어떻게 제시됐는지는 정도는 누구나 찾아보잖아요. 어떤 품사인지, 단일어·합성어·파생어 중 무엇에 해당하는지, 덩어리로 함께 쓰이는 단어는 무엇인지 등 다양한 방식으로 단어의 좌표를 정의하고 또 이해하죠. 그 과정에서 국립국어청의 역할은 매우 막중합니다.

아닌 듯해도 사람들은 여전히 지학에 꽤 진심이거든요. 진심에서 비롯된 민원을 조율하여 분기별로 업데이트하는 것은 국립국어청의 주된 업무 중 큰 부분입니다. 다들 얼마나 진지하게 항의하고 제안하는지요. '더러움'은 사전에 있는데 '깨끗함'은 왜 없냐는 항의, '멋있다'는 형용사인데 왜 '잘생기다'는 동사냐며 모두 형용사로 만들어달라는 시위같은 것들 말이죠. '너무'의 뜻풀이가 '일정한 정도나 한계에 지나치게'에서 '한계를 훨씬 넘어선 상태로'로 수정됐을 때는, 똑같이 '너무'를 짊어지고 살아가는 사람들 사이에도 의견이 첨예하게 갈린 것으로 기억해요. 부정적인 말에만 쓰일 수 있던 용법이 넓어진 것을 축하하는 이들과, '너무'의 고유한 의미가 퇴색된 것을 아쉬워하는 이들이 접전을 벌였죠. 개인적으로는 저 역시 아쉬운 쪽이었어요. '짜장면'과 '자장면'의 한판 승부도 유명했죠. 자신에게 들린 단어가

'짜장면'인지 '자장면'인지 한 치의 물러섬 없이 싸운 결과, 두 가지 모두가 복수 표준어로 사전에 나란히 등재됐어요, 결국.

품사 중에서는 동사가 대체로 문제입니다. 전혀 다른 의미를 두루 가진 경우가 많기 때문이죠. 혹시 여러분에게 '놓다'가 내린다면 어떨 것 같나요? 너무 간결하고 중립적이라 시시하다고요? 과연 그럴까요? '놓다'의 뜻풀이는 무려 29개입니다. 일단은 자립할 수 있는 본동사지만, 다른 동사 뒤에서 의미를 더해주는 보조동사로도 활발하게 쓰이죠. '놓다'를 사용하는 관용구는 또 얼마나 많은지 모르고요. '(말을) 놓다' 같은 경우 29개의 뜻풀이 무엇에도 정확하게 들어맞지 않아 새로운 뜻으로 추가해야 할 것인지를 두고 표준국어대사전 업데이트 시기마다 공방이 치열하답니다.

사람들은 모두 어느 정도 자신의 단어에 자부심이 있습니다. 거창하고 대단한 한자어를 받은 이들과, 그럴싸하고 남다른 고유어를 받은 이들 사이의 은근한 줄다리기는 역사가 유구하죠. 21세기 이후에는 외래어 보유자들의 자의식도 성장세입니다. '배추'처럼 아무리 들여다봐도 한자어의 흔적을 찾을 수 없는 단어부터 '폼나다'처럼 한 번만 더 생각하면 외래어라는 걸 상기할 수 있지만 형태와 의미 모든 면에서 한국어와 찰떡궁합인 단어까지 하위분류도 섬세하고요. 그래도 이 모든 모임은 철저히 취미나 취향, 동호회의 영역에 머무릅니다. 그 와중에도 지나치게 깊은 의미를 부여하지 않기 위해 애쓴달까요. 지독하게 자의적인 지학 따위에 좌우되기엔 먹고사는 문제가 산적했기 때문인지도 모르겠어요.

사실 임의적인 것으로만 따지자면 인간의 언어나 존재만 한 건 또 없을 거예요. 생각해보세요. 우리가 꽃을 '꽃'이라 부르고 밥을 '밥'이라 부르는 것에는 따지고 보면 아무런 이유가 없어요.

한편 어느 언어권에나 '사전을 바꾸는 인생'이란 표현이 있어요. 여러분에게 만일 '며느리밑씻개' 같은 흉측한 단어가 그야말로 들러붙는다면 어쩌겠어요? 실제로 그 단어를 받아버린 이후 10년간 같은 단어나 비슷하게 쩜쩜한 식물명이 내린 이들을 규합한 사람이 있었어요. 그때까지만 해도 비속어와 일제의 잔재가 남아 있는 식물 학명이 난리도 아니었거든요. 개불알꽃 같은 식물명이 있었다는 게 믿어져요? (좌중 웃음) 아무튼 그때 설립된 게 '식물학명개명운동본부'였고 결국 우리의 주인공은 며느리밑씻개와 헤어져 '가시모밀'이라는 어여쁜 새 단어와 함께 살게 됐어요. 사전을 바꿔서 운명을 개척한 거예요.

사전을 펼쳐보세요. 한 단어가 대개 하나 이상의 뜻풀이를 가지고 있죠. 예를 들어 '돌다'라는 동사는 그 의미가 무려 22번까지 있어요. 그런데 자신이 받은 단어의 의미가 그중 정확히 무엇인지는 본인만 알아요. 예를 들어 '생기가 돌다'의 '돌다'인지 '머리가 돌다'의 '돌다'인지, 이게 미묘하지만 중요한 부분이거든요. 살다 보면 결국 알게 되는 순간이 온다지만 결국 모르고 죽는 사람도 없지는 않아요. 그러니까 여러분, 자기 단어의 의미를 찾아내는 것은 오로지 여러분의 몫이에요. 아무도 대신 찾아 주지 않습니다. 20세기까지는 "뜻풀이를 알아냈어!"는 "진로를 결정했어!"라는 말과 같은 의미였어요.

여러분은 부모님이나 언니, 오빠의 단어를 알고 있나요? 절친이나 배우자, 부모 자식처럼 인생의 동반자가 된 이들에게 내린 단어들 사이에도 궁합처럼, 임의적이라고 치부할 수 없는 관계가 있다고 하죠. '건지다'가 내렸던 한 엄마에게는 두 아들이 있었는데 각각 '두다'와 '놓다'를 받았고, 두 아들은 20대 내내 '건져두는' 것과 '건져놓는' 것 중 어떤 표현이 더 긍정적인지를 놓고, 아니 두고, 자기들끼리 경쟁을 벌였다는군요. 결국 누가 이겼을까요? 과연 이긴다는 게 무슨 의미인지는 저도 잘 모르겠어요.

'데'나 '이', '바'와 같은 혼자서는 쓰일 수 없는 의존명사를 받은 이들은 자신의 단어와 잘 어울리는 명사나 동사를 곁에 두고 싶어 한다고 해요. '나다'와 '데'가 내린 두 소녀가 '없다'가 내린 마지막 멤버를 끝내 찾아내어 밴드를 결성하자 '난데없다'를 가진 기획사 사장이 이들을 발굴했고 결국 태양계 최고의 케이팝 뮤지션으로 탄생했다는 에피소드는 여러분도 잘 알죠? 여러분도 오늘은 집에 가서 부모님께 진지하게 한번 지학 단어를 물어보세요. 두 분의 궁합은 어떤지, 언니 오빠와 부모님 단어들은 잘 어울리는지.

-안시경 국립국어청장, 세종중학교 모교 방문 강연 중

왕복선과 검역소에서, 여러 언어가 공존하는 바벨탑 주민들은 서로의 단어가 무엇인지 영어로 묻고 각자의 언어로 답했다. 예로부터 여행길에 오른 사람들은 서로의 단어를 화제 삼아 친구가 되었다지. 사물이나 사람의 이름을 아는 행위에는 마법 같은 힘이 깃들어 있기 때문 아니었을까. 태어난 땅에서 스스로를 날려 보낸 이들이 낯선 땅, 낯선 중력에 대한 긴장과 두려움을 서로의 지학 단어로 극복하려 했는지도 모르겠다. 자신의 단어가 무엇이고, 그 낱말은 어떤 언어에 속하는지, 그 언어는 또한 세계 언어의 그물 속에서 어떤 매듭에 해당하는지… 하나의 단어에 관한 설명이 어느새 한 사람의 평생을 아우르곤 했다. 그렇게 통성명이 끝날 때마다 우리는 새로운 언어를 알게 됐다. 왕복선 안에서 누가 더 많은 언어를 수집했는지 나른한 경쟁이 벌어졌다. 검역소에서 사람들은 조용히 2차전을 시작했다.

화성 착륙을 얼마 남겨두지 않은 시점, 왕복선 전체에 묘한 흥분의 기운이 감돌 무렵 우리는 처음 만났다. 왕복선 안에 마련된 관측실에서였다. 지구를 떠나고 첫 한 달 정도 신기함과 호기심으로 뻔질나게 관측실을 찾던 탑승객의 발길이 뜸해졌고, 관측실을 찾는 몇몇 고정멤버들이 생겼는데 우리는 그중 가장 어린 편에 속했다. 검은 머리에 갈색 피부, 쌍꺼풀이 없는 눈매, 외모는 제법 익숙했지만, 깊고 차분한 눈빛이 낯설었다. 며칠쯤 그아이의 주변을 맴돈 끝에 나는 말을 걸었다. 한국어를 사용하지 않으리란 것을 확신할 수 있었기에 영어를 사용했다.

"헤이."

"하이."

역시 내 짐작이 맞았다. 영어가 모국어는 아닌 듯했다. 마음이 다소 편해졌다. 첫 번째 질문은 정해져 있었다.

"너의 단어는 뭐야?"

그가 말했다.

"ᐅᕐᑲᖖᒡ ᖕᑕᖅ"

어처구니가 없었다. 음절이나 음소로 분화할 수 있는 소리가 아닌 것처럼 들렸다. 소년은 나를 익숙하다는 눈으로 바라봤다. 그리고 느린 속도로 다시 말해주었다. 별 도움이 되지는 않았다.

열 번은 넘게 발음한 끝에 나는 '라우카크라아크타라' 정도가 최
선의 한글 표기라는 결론을 내렸다. '소리'보다 놀라운 것은 그
단어의 '의미'였는데, 그것은 '나는 나중에 그에게 말할 것이다'
라는 뜻이라고 했다. (이하 '말할것이다'로 쓰겠다.) 너무 놀라서 한
국어가 튀어나왔다.

"헐."

대박. 나는 다시 말을 이었다.

"그게 단어야?"

"당연히 아니지."

말할것이다가 환하게 웃으며 대답했다. 나는 그 순간 말할것
이다가 마음에 들었다.

나와 동갑인 말할것이다는 태양이 땅 밑으로 충분히 가라앉지
않아 한밤중에도 희붐한 하늘을 바라보며 여름의 70일을 보내
야 하고, 먼동이 터 오는 하늘 이상으로는 밝아지지 않는 겨울의
70일을 견뎌야 하는 곳에서 왔다고 했다. 말할것이다의 단어는
이누이트어 중에서도 지역 방언이었다. 사용자 수가 1,000명을
넘지 않아 몇십 년 전 시한부 선고를 받은 언어였는데 몇 년 만
에 단어가 내린 바람에 나름 소소한 화제였다고 했다. 게다가 그
단어가 하필 'ᐅᖅᑰᑦ ᑰᑦ'여서 더욱 말이 많았다.

거기까지 들었는데 질문이 떠올랐다.

"이누이트 말에는 하늘에서 내리는 눈을 가리키는 단어가 수백 개가 된다는 게 사실이야?"

"당연히 아니지."

우리는 함께 웃었다. 이누이트어는 한국어와 마찬가지로 어근에 조사나 어미가 줄줄이 붙어 문장이 된다고 했다. 게다가 이누이트 문자에는 띄어쓰기가 없었다. 눈과 관련한 단어를 둘러싼 낭설이 무지한 사람들을 오랫동안 매혹시킨 것은 그 때문이었다. 그렇게 따지면 '춥겠더라' 같은 말도 단어 하나로 볼 수 있을 텐데, 그 의미는 '나는 온도가 낮으리란 것을 과거에 직접 느꼈기 때문에 추측할 수 있다' 정도겠지. (한국어는 어미를 잘만 활용하면 많은 정보를 굉장히 효과적으로 담을 수 있는 절묘한 언어다. 그중에서도 내 생각에 화자가 직접 감각한 사실에 대해 말할 때만 사용할 수 있는 회상의 어미 '-더-'는 으뜸이다.)

기본형이 아닌 새로운 활용형 단어가 내리는 이상 현상이 말할것이다의 지학에도 일어났고, 덕분에 기본형 '말하다(ᐅᖄᕝ)'가 내릴 상황에 미래시제, 1인칭 주어와 구체적 3인칭 목적어를 의미하는 어미가 주렁주렁 붙게 된 것이다. 특별한 지학 사례의 주인공이라는 이유로 말할것이다의 가족은 화성 연합 도시의 초청 거주민이 되었다. 언제부턴가 개척지 자치 기구는 개척지 내의 민족·언어적 다양성을 중시하기 시작했고, 그 때문에 매년 일정

수의 소수민족을 개척지로 초청했다.

우리는 이후 약속이라도 한 듯 매일 정해진 시간마다 왕복선의 천체관측실에서 만났다. 감당할 수 없을 만큼의 별빛을 멍하니 바라보며 말할것이다가 말했다.

"우리는 넓은 땅이 필요해. 아무리 착한 땅이라도 1제곱킬로미터 안에 품을 수 있는 사람의 수는 많지 않아."

나는 '우리'가 인간을 뜻하는지, 이누이트족을 의미하는지 궁금했지만 묻지 않았다. 아무래도 상관없다는 생각이 들었다.

"돌아가신 할아버지는 도시를 싫어했어. 도시라고 해도 다른 사람들에겐 그저 작은 마을 수준이었지만. 사람과 사람 사이가 너무 가깝다는 거야."

말할것이다는 화성에 온 것을 진심으로 기뻐했다. 드넓은 땅을 누비며 살아왔던 이누이트인과 화성은 제법 잘 어울린다고 했다. 그 기쁨이 마치 내 것인 양 따스했다. 검역소에서 보내야 하는 한 달 역시 말할것이다는 기꺼워했다.

"할아버지가 그랬어. 우리는 고작 옆 도시로 여행을 떠날 때도 중간에 몇 번씩 멈춰 서야 한다고. 영혼이 따라올 때까지 기다려야 한다는 거야."

하물며 옆 행성까지 5,600만 킬로미터를 날아왔으니 한 달은 족히 필요하겠지. 나는 내 영혼이 나를 따라오면서 부디 단어도 함께 데려와주길 기도했다.

❖

　지난 세기 이후 지학의 양상은 엄청난 변화를 겪어왔다. 이례적으로 많아진 변이는 그 변화 중 으뜸이다. 없던 단어가 새로 생겼고, 있던 단어가 사라졌다. 늘 있는 일이라 여기기에는 의미심장한 변화가 짧은 세월 안에 일어났고, 현재도 활발하게 진행 중이다. 기본형이 아닌 활용형으로 지학이 이루어지거나, 사이시옷*이 내리는 등 시간을 거스르는 현상이 지속적으로 보고되고 있다. 이는 비단 한국어에 국한된 변이가 아니다. 지학을 국가적으로 관찰 및 조사하는 거의 모든 언어에서 이러한 변이가 비정상적인 빈도로 보고되고 있다.

　근대적 방식과 규모로 기록하기 시작한 이래 가장 범언어적으로 관찰되고 있는 이러한 지학의 변이 중 최초의 사례는 2046년 영국 포드위치에서 발생했다. 시골 마을 포드위치의 한 소년에게, 아프리카 카메론의 북쪽 지방에서 지난 세기에 소멸한 것

---

* 한글 맞춤법에서, 사잇소리 현상이 나타났을 때 쓰는 'ㅅ'의 이름. 순우리말 또는 순우리말과 한자어로 된 합성어 가운데 앞말이 모음으로 끝날 때 뒷말의 첫소리가 된소리로 나거나, 뒷말의 첫소리 'ㄴ', 'ㅁ' 앞에서 'ㄴ' 소리가 덧나거나, 뒷말의 첫소리 모음 앞에서 'ㄴㄴ' 소리가 덧나는 것 따위에 받치어 적는다. '아랫방', '아랫니', '나뭇잎' 따위가 있다.

으로 여러 차례 보고된 둘라이어 단어가 내린 것이다. 해당 소년은 아프리카는 물론, 평생 자신이 태어난 곳 근방 100킬로미터를 벗어난 적이 없다고 주장했다. 이후 거의 모든 언어권에서 이에 버금가는 희귀한 지학 사례의 보고 빈도가 점차 늘어나기 시작했고 현재까지 이러한 추세는 지속 중이다.

지학은 어떤 경로로 일어나는가. 지학을 좌우하는 것은 어떤 힘일까. 모든 인류가 예외 없이 경험하는 일생의 이벤트에 대해 우리는 그간 '알 도리가 없다면 건드리지 않는다'라는 입장을 고수해왔다. 일정 정도 탐구한 뒤 더 이상 진전할 수 없는 벽에 부딪혔고, 벽을 부수기보다는 벽의 아름다움을 면밀히 살피는 쪽을 택한 것이다.

본 연구는 벽을 부수지 않고도 벽의 저편을 통해 벽의 기원을 조심스럽게 짐작하는 작업과도 같다. 이를 위해 먼저 최초의 희귀 지학 사례가 발생한 2046년과 그 이후 인류나 인류 사회와 문화에 광범위하게 일어난 변화에 주목했다. 2046년 11월 인류는 최초의 유인 우주선을 화성에 착륙시켰다. 이는 달과 화성, 그리고 태양계 전체로 인류의 활동반경을 넓히는 첫 번째 실질적인 도약이자 선언이었다. 달과 화성에 빠른 속도로 정착지가 건설되었고, 그로부터 몇 세대 뒤 화성 공전 궤도 근방에서 웜홀이 발견되었다. 인류에게 익숙한 시공간과는 거리가 있는 웜홀 너머를 향한 우주 항해 및 탐사는 예정된 수순으로 이어졌다. 그리고 최근, 웜홀과 연결된 우주 한복판에 지적 생명체가 존재할지도 모르는 행성을 발견했다.

(중략)

본 연구는 앞으로 이 행성과 지학 사이의 연관 관계를 바탕으로 하는 우주의 언어 지도 작성을 주장할 것이다. 필자 역시 웜홀 탐사 초창기 화성 정착촌으로 이주했고, 화성에서 지학을 경험했다. 이 경험 역시 큰 영감을 제공했다는 것을 미리 밝힌다.

-윤재인 화성연합대학 비교언어학과 박사 논문 서문 시작 부분 발췌

검역소 탈출까지 일주일이 남았다. 모두들 붉은 행성에서 펼쳐질 삶과 일상에 대한 기대에 부풀었다. 나는 검역소 탈출이고 뭐고 아무 단어도 내릴 기미가 없다는 사실 앞에 노심초사했다. 열여섯 번째 생일이 3일 앞으로 다가왔다.

"아무래도 너에게 익트수아르포크iktsuarpok(ᐃᒃᓱᐊᕐᐳᒃ)가 내릴 모양이다." 말할것이다가 당시 나에게 농담처럼 한 말이었다. 누군가가 오는지 끊임없이 들락거리면서 확인하고 기다리는 행동을 나타내는 이누이트어 명사라고 했다.

"나야 더 바랄 게 없지." 나 역시 농담처럼 말했지만, 실은 진담이었다. 그럴 리 없다는 걸 알면서도 끝내 아무도 오지 않는 것은 아닐까 노심초사하면서 창턱이 닳도록 먼 곳을 바라보고, 문턱이 닳도록 관측실을 드나든 날들이었다. 그리고 나는 드디어…

자료실에 처박혀 화성에서 보고된 특이 지학 사례를 멍하니 바라보던 중 스크린 한구석에 속보가 떴다.

"화성 근처 웜홀을 통해 산개성단의 탄생 관측 성공!"

초광속항법 다국적 프로젝트 팀 중 내로라하는 우주 기술 선진국의 과학자들은 이미 화성에서 한창 연구를 진행 중이었다. 각종 관료주의와 서류 작업 때문에 대한민국은 언제나처럼 다른 몇몇 국가들과 함께 후발대라며 엄마는 늘 투덜댔었다. 선발대의 주력 목표는 쉽게 말하면 온갖 관측 장비를 실은 무인 우주선으로 웜홀 부근을 기웃거리는 것이었다. 그러던 중 우연히 그 너머에서 총 길이 4광년에 이르는 거대한 가스 구름을 발견하여 촬영에 성공한 것이다. 가시광선을 사용한 촬영이 아니므로 온갖 후반 작업을 통해 보정해야만 인간의 눈으로 확인할 수 있었지만. 헤아릴 수 없는 별빛을 거느리게 될 성단, 혹은 헤아릴 수 없는 별 무리가 탄생하는 광경을 실시간으로(…라는 말이 우주 범위로 시공간을 넓히고 나니 영 모호하긴 하지만) 목격했다는 흥분이 짧은 뉴스 클립에서도 느껴졌다.

화성 곳곳의 플라네타륨은 물론, 검역소의 간이 플라네타륨에서도 보정을 거친 이미지를 감상할 수 있다는 말에 나는 그곳으로 향했다. 말할것이다를 그곳에서 만날지도 모른다고 생각했다. 대단한 발견이었지만 대부분의 사람들은 개인 스크린으로 확인해도 충분하다고 생각한 모양이었다. 열 개 남짓한 좌석은 하나를 제외하고는 텅 비어 있었는데 아니나 다를까, 그 한 자리에 말할것이다가 비스듬히 누워 돔 천장을 바라보고 있었다. 천장에서는 인간의 시지각에 최대한 친절한 상태로 매만져진 천체 동영상이 재생되고 있었다. 나도 말할것이다 옆에 자리 잡았다. 관측 동영상의 별 무리들은 수천, 수만, 수억 개의 항성으로 자라날 별의 씨앗이라기보다는 불발탄의 화염 속에서 헤매는 반딧불이처럼 보였다.

그리고 갑자기, 단어가 내렸다.

뿌연 가스 기둥을 헤치고 글자 하나가 머릿속에서 또렷해졌다. 저 멀리 하늘과 설원을 가르는 희미한 지평선으로부터 무언가가 다가왔다. 낱말 하나가 우아하게 스포트라이트를 받으며 내 머리 위에 쏟아지는 걸 상상했는데 이거 뭔가 망한 거 아닌가, 싶은 불안감이 엄습했다. 그리고 나타난 글자는 바로…

…?

…이?

이?

이, 그리고 끝이었다.

치아이거나, 사람을 뜻하는 의존명사 '이'이거나 숫자 2, 최악의 경우 벌레 이일 수도 있었다. 충격과 공포가 가라앉으면서 남은 단 하나의 '이'가 '은/는' 또는 '이/가' 할 때의 바로 그 주격조사라는 것을 알았을 땐 꽤나 안심이 됐다.

명사도 좋고 동사면 더 좋고 의성어나 의태어도 재밌겠다 생각했었다. 그런데 조사. 조사 물론 좋지. 조사와 어미는 한국어의 꽃이니까. 하지만 주격조사라니, 같은 조사라도 웬만한 단어에 쓱쓱 다 붙을 수 있고 특별한 의미를 더하기도 하는 '은/는'이나 '도' 같은 보조사라면 또 몰라. 웬만해선 생략되고 앞에 있는 단어가 주어라는 걸 기계적으로 알려줄 뿐인 주격조사라니….

"나 방금 단어를 받았어."

나는 홀린 듯 중얼거렸다. 말할것이다가 내 쪽으로 고개를 돌렸다.

"축하해."

나는 문장을 통째로 받은 것이나 다름없는 말할것이다가 부러웠다. 더 이상 의미를 알아내기 위해 노력할 필요가 없어 보였으니까. 한국어 주격조사에 대한 나의 설명을 들은 말할것이다가 말했다. 별들의 요람을 바라보던 중에, 문장의 주인을 표시해주는 말을 받다니 굉장하다고. 말할것이다야말로 어떤 사태가 벌어지든 그 안에서 빛나는 구석을 발견해내는 굉장한 능력이 있었다. 그건 따뜻한 것, 달콤한 것, 포근한 것을 손에 넣기 위해 오랜 시간과 먼 거리를 견디는 이누이트들의 재능이었을까.

얼마나 시간이 흘렀을까. 관측 동영상이 내일을 기약하며 반복 재생을 멈췄다. 스크린이 걷히자 눈앞에 하늘이 펼쳐졌다. 가늠할 수 없을 만큼 오랫동안 자리를 지켜온 천체들이 쏟아질 듯 가득했다. 항성과 그 빛을 반사하는 행성과 위성들이 굽이쳐 소용돌이를 만들었다. 내가 지금 이곳에 와 있고, 말할것이다를 만났으며, 어디선가 성단이 태어났는데, 나에게 주격조사가 내렸다. 모든 사태에 이유가 있고 그 이유를 결국은 알아낼 수 있을 것 같았다.

그런 생각이 들었다. 점점 기분이 좋아졌다. 그것이 중요했다.

* 83쪽에 나오는 말할것이다의 할아버지의 말은 『송라인』(브루스 채트윈, 김희진 옮김, 현암사, 2012) 속 내용을 참고했다.

** 86쪽에 나오는 이누이트어 단어 "익트수아르포크iktsuarpok(ᐃᒃᓱᐊᕐᐳᒃ)"와 그 의미는 『마음도 번역이 되나요』(엘라 프랜시스 샌더스, 루시드 폴 옮김, 시공사, 2016)에서 참고했다.

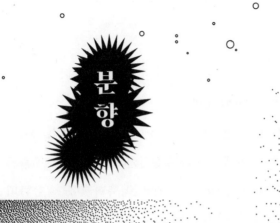

분향

김지영 씨(41세, 정신과 전문의)

일곱 살이랑 여섯 살 연년생 아들만 둘인데, 여전히 적응기예요. 화성의 중력 때문에 점프력이 세 배 향상된 흥분이 가라앉질 않는 거죠. 요즘 둘 다 좀비맨인지 뭔지 하는 새로운 슈퍼히어로에 푹 빠졌어요. 술 한 번 따를라치면 옆에서 두 번은 투닥거리고, 절 두 번 하는 동안에는 관절 꺾기 기술 시도한다고 난리, 난리… 그런 애들 어르고 달래서 술 따르고 절 시키느라 남편이 애썼죠. 그래봤자 본인이 자초한 일이지만요.

솔직히 좀 놀랐어요. 예전부터 차례와 제사를 지내긴 했다지만 덜컥 분향소를 대여할 줄이야. 이곳에 정착하면서 예상외의 추가 지출이 많아지는 바람에 스트레스를 받는 듯했거든요. 뭐, 자기 돈으로 자기 마음 편하자고 그런 거니 굳이 결사반대할 이유야 없죠. 다 끝났나 싶어 날뛰는 애들한테 남편이 그러더라고요, "아니다! 한 번 더 하고 가자." 내년 설 때 어찌 될지도 모르고, 비싼 돈 내고 빌린 건데 본전은 뽑아야 한다나. 그러더니 그런 생각을 했다는 게 스스로 기특한지 저한테 눈을 찡긋하더군요. 어쩌겠어요. 잘했다 해줬죠. 자기가 깨닫는 수밖에 없어요. 이게 얼마나 부질없는 짓인지. 본인도 어느 정도 이미 알고 있는 눈치예요. 인정할 수 없을 뿐. 그저 다른 이들처럼 남편도 일종의 분리불안을 느끼고 있는 거라고, 저는 그렇게 봐요. 어떻게든 익숙한 무언가를 붙들고 있으면 안심이 되는? 어린이집 바뀌면 애가 갑자기 애착 인형 찾고, 동생 생기면 일시적으로 퇴행 증상 보이는 그런 거요. 여기까지 와서 차례라니 퇴행도 이런 퇴행이 없긴 한데, 누군가에게는 차례가 애착 인형 같은 존재일 수도 있는 거니까요.

예년엔 저 상 차려내는 데 꼬박 하루를 썼어요. 차례상 다 아웃소싱한다지만, 예약 주문해서 물건 받아 차리고 정리하는 게 은근 일이니까요. 돌아가신 남의 부모 식사 챙기려고 나까지 덩달아 일정 맞추면서 마음 쓸 땐 그저 머리를 비웠어요. 1년에 3일 편해지자고 싫은 소리 하고 얼굴 붉히느니 '아, 그래. 너한테는 그게 중요하구나' 하고 눈 딱 감고 넘기면 되니까요. 그러고 보니 그때 썼던 스트레스 해소법 중 하나가 먼 우주를 상상하는 거였네요. 아주 멀리서 보면 지금 이 상황은 아무것도 아니라고 위안하는 거죠. 이거 실제로 제가 환자분들께도 종종 권하던 방식이에요. 일종의 심리적 거리두기 같은. 이제 보니 평균 2억 2,500만 킬로미터 떨어지는 걸로는 부족했네요. 확실히.

그날따라 하늘은 미세먼지 가득한 고향을 닮아 있었다. 따지고 보면 하늘은 언제나 붉고 흐렸는데. 대한민국 영사관에 마련된 '한가위 한민족 차례 분향소' 가현판 밑으로 줄지어 선 200여 명도 비슷한 생각을 하는 듯했다. 영사관의 사무실 네 개를 비워 분향소로 활용 중이었는데 각각의 방에는 모니터가 놓인 교자상과 향상, 각종 차례 음식이 가득 놓인 탁자가 있었다. 한국에서 공수한 식재료를 현지에서 직접 요리한 것이었다. 송편과 과일, 삼색 나물과 모듬전 등 고정 메뉴에 떡볶이·튀김·순대, 프라이드치킨, 평양냉면이며 한국 과자까지 별식이 다양했다. 분향소 대여료는 귀하디귀한 음식 대여료인 셈이었다.

대부분의 분향객들은 부부와 그 자녀였다. 그들은 주어진 음식으로 종교별, 지역별, 세대별 특색을 반영한 각자의 차례상을 차렸다. 근엄한 표정의 아버지와 어머니, 혹은 할아버지와 할머니의 사진을 모니터에 띄운 뒤 차례를 지내는 데 팀당 15분 정도가 할당됐다. 계획상으로는 그랬다.

분향소 네 곳 중 하나는 고향에서 지내는 차례에 원격으로 참여할 수 있는 시설을 마련했다. 시설이라야 대형 모니터와 웹캠, 그 앞에 깔린 카펫뿐이었지만. 원격 차례를 신청한 이들은 음식 대여료 대신 값비싼 통신료를 지불했다. 대화가 중간에 엉키는 것을 방지하기 위해 영상은 양쪽에서 최대 30초씩 끊어서 전송됐고, 한 번 전송되는 데 4분 30초 정도 걸렸다. 저쪽에서 절하는 모습에 맞춰서 절을 하더라도 양쪽 사이에는 4분 30초의 시차가 있다는 얘기였다. 미국이나 중국 등 선진국은 처리 속도와 용량이 월등한 레이저 통신을 상용화했다지만, 한국 같은 후발국에는 아직도 요원한 기술이었다.

사실 그 어떤 첨단 기술이나 낙후 기술을 사용한다 한들, 21세기 말에 '한민족'이 '차례'를 지내고 있다는 사실보다 놀라운 일은 없을 것이다. '동포들의 변함없는 전통 수호 의지'라는 주제로 차례 단체 분향 이벤트에 관한 기사를 전송하라는 데스크의 주문이 처음엔 농담인 줄 알았으니까.

'며느리 사표'니, 부부가 각자의 본가에서 명절을 나는 등, 풍속의 변화가 포착된 것이 같은 세기 초의 일이었다. 이성 부부와 그 자녀로 구성된 소위 정상가족 이데올로기가 사상 초유의 인구 절벽 앞에 무너졌다. 많은 것들이 유의미하게 변할 때, 또 어떤 것들은 고집스럽게 살아남는 법이다. 게다가 우리는 한국인의 의지가 어떤 지점에서 유독 진가를 발휘하는지 잘 알고 있다. 단일민족 신화는 유전자가 아니라 말 그대로 '**정신**'의 결과물이니까.

데스크에 따르면 "우리의 독자는 새로운 삶을 찾아 떠난 이주민이 아니라, 우려 반 부러움 반으로 이들을 떠나보내고 남은 사람들"이었다. 그들이 바라는 것은 고향을 그리는 실향민이 국위선양을 위해 고생을 감내하는 인간 승리, 거기에 적절히 가미된 회한이라는 말도 잊지 않았다.

"요즘 누가 민족이니 풍습이니 그런 얘기 하나. 삼대는 물론 두 세대 이어지는 가족도 찾기 힘든데, 거기나 여기나 팍팍한 처지에 명절 기분 좀 내자는 거지. 우리 두고 떠나더니 타지에서 마음고생 좀 해봐라, 싶은 사람들 적당히 만족하게 하자는 취지니까 너무 부담 갖지 마세요."

애매하게 반말 섞는 데는 도가 튼 데스크의 주문을 들으며 생각했다. 십 리도 못 가서 발병 나길 바라는 거야, 뭐야? 역시 아리랑의 민족이었다.

최수진 씨(32세, 로봇기술자)

지난해 초 결혼했어요. 둘이 함께 멀리까지 가보자는 말에, 이 사람이랑은 어디든 갈 수 있겠다는 생각이 들어 결혼을 결심했지만, 여기까지 오게 될 줄은 몰랐죠. 일주일 전인가, 남편이 원격 차례를 예약했다더군요. 미국 사촌 동생 가족이 휴대폰 영상 통화로 작은아버지 제사에 참여한다는 말에 아버지가 자극받으신 거 같다면서요. 전화기에 대고 조상 귀신에게 절하는 상황에 어이가 어디 있다는 건지 말 좀 해주세요, 기자님. 난 하나도 안 보여요, 어이 하나도 없어요. 게다가, 이 멀리까지 찾아오는 집념 어린 귀신이라니 정말 무섭다고요. 제가 빈정거리는 건 꽤 자신 있거든요? 근데 결혼하고 그 버릇 다 죽었어요. 속 시원하게 한 번 비아냥거리느라 감내해야 하는 짜증이 너무 크고 길다는 걸 이젠 알거든요

시어른들이 성당 다니세요. 천주교회의에서 배포한 제사·차례 의식 절

차가 있더라고요. 원래는 고릿적 절차를 간소화하는 게 목적이었다던데… 아무튼 절차가 엄청났어요. 시작할 때 성호를 다 같이 그어야 하거든요. 다른 사람들이 성호 긋고 나서 4분 30초 뒤에 저희가 따라 하죠? 그럼 우리가 성호를 그었다는 것을 확인하려고 거기선 4분 30초를 또 기다려요. 가족들이 절하면 저흰 4분 30초 뒤에 따라 하고요. 서울에서 가족들이 한 명씩 잔 올리는 과정은, 버퍼링 걸리고 화면이 저화질로 깨지긴 해도 그나마 나았어요. 문제는 '남편이 잔을 어떻게 올릴 것인가'였죠. 아무리 짧아도 의견 한 번 오가는 데 10분이나 걸리니까요. 이 와중에 남편이 시동생한테 '빙의'해서 시동생이 대신 잔을 올리기로 결정하는 데 30분밖에 안 걸렸어요! 기적적인 선방이었죠.

압권은 후반부에 시부가 조상님께 보고를 올리기 시작했을 때였어요. 너무 인상적이어서 그걸 다 기억해요, 제가.

"차린 건 없지만 저희 정성과 사모하는 마음을 받아 맛있게 드셔주시고… 올해는 저희 장손이 새 가족을 이끌고 새로운 곳에서 새 삶을 시작했습니다. 부디 많이 보살펴주십시오"

시부가 원래 말수가 정말 없으신 분이거든요? 그런데 아까 들은 말이, 제가 결혼 전부터 지금까지 그분께 들은 말 다 합친 것보다 더 많아요. 시부는 귀신 한정, 극도로 상냥하신 분이었어요.

마지막 성가까지 총 1시간 반 정도 걸렸어요. 오랜만에 서로 얼굴 보는 자리였는데 가족들 등이랑 엉덩이만 보고 있었지, 인사 나눌 겨를도 없었어요. 표정 관리도 어려운 마당에 저야 아쉬울 것 하나 없지만요. 그래도 이 시스템, 이대론 좀 곤란하죠. 화성 패치든, 베타 버전이든 일단 빨리 출시돼야 합니다. 네? 아, 당연히 통신 시스템 얘기죠, 호호

2020년대에 접어들자, 세계적으로 이상 기후는 더 이상 '이상'이 아닌 정상 기후처럼 이어졌다. 폭설과 폭우, 한파와 폭염, 산불과 가뭄이 매 계절 끊이지 않았고 유행병의 창궐은 흡사 연례행사였다. 인류가 지구에 미치는 해악을 따지는 것은 무의미했다. 오랜 기간 사용했던 운영체제가 과한 메모리를 사용하는 복수의 애플리케이션을 감당하지 못해 광범위한 오류를 양산하는 꼴이었다. 많은 이들이 인류의 고향별이 돌아올 수 없는 강을 건넜다는 사실을 수긍했다. 화성 이주 프로젝트를 향한 비판과 회의가 잦아들자 몇십 년에 걸쳐 느긋하게 진행되던 국가별 프로젝트들이 빠른 속도로 연합체를 구성했다. 새로운 운영체제, 즉 새로운 행성의 이른바 신속한 개발과 출시는 인류의 사활이 걸린 문제였다.

첫 번째 화성 이주선이 대기권을 가른 이래 20여 개국이 30여 척의 이주선을 쏘아 올렸다. 뒤늦게 우주 개척 1세대에 합류한 대한민국 국민이 화성에 발을 디딘 지는 1년도 되지 않았다. 물론 음모론도 있었다. 화성 연합체에 인력을 제공하고 탑승자

들의 전 재산을 환수하여 뒷돈을 챙기려는 관계 부처, 혹은 그와 유착된 대기업이 이주선 탑승자 모집 이면에 존재한다는 건 공공연한 사실처럼 받아들여졌다. 그러나 그 무엇도 '탈조국'을 넘어 '탈지구'를 향한 사람들의 열망을 잠재울 수는 없었다. 이주선에 오른 한국어 사용자 600명은 모두 400 대 1에 가까운 경쟁률을 뚫은 승자들이었다.

다국적 연합체는 빠른 속도로 정착지를 건설했다. 정착지 내교육, 행정 등에 사용되는 공용어는 영어였지만 생활단지는 출신 국가별로 구분되었다. 지구상 국경을 기준으로 물자 배분과 교역이 이루어졌다. 편의를 위한 시스템이었지만, 이주민의 정서적 안정을 위해서라도 개별 민족의 언어와 문화를 우선해야 했다. 몇만 년 동안 인류의 터전이었던 지구가 '창백한 푸른 점'으로 멀어지는 모습은 이주 1세대 모두에게 각인된 극단적인 공허 그 자체였다. 문화·민족적 정체성을 '뿌리'라고 부르며 과거와 이어지기를 원하고, 어딘가에 소속되기 위해 안간힘을 썼던 인류에게, 어떻게든 채워야 할 구멍이 생긴 것이다. 어딘가에 자신을 붙들어 맬 수 있는 마음의 중력이 절실했다. 어느 정도 시간이 흐른 뒤 사람들은 이를 저중력증후군 혹은 무중력증후군이라고 불렀다.

지구력이 참고사항이 되어버린 화성에서, 예전 명절을 사수하

려는 민족별 노력 역시 각별했다. 전문가들은 화성 최초 정착
1세대가 완전히 소멸할 때까지는 북미인의 추수감사절, 유태인
의 유월절, 힌두교도의 디왈리, 무슬림의 라마단, 그리고 동아시
아인의 추석 및 설이 그들에게 깊은 영향력을 행사하리라고 예
상했다. 사람들은 앞서거니 뒤서거니 천구를 횡단하는 위성 두
대를 달이라고 고쳐 부르며 정을 붙여보기도 했다. 물론 시간이
필요한 일이었다. 난데없이 추석을 챙기게 된 것도 그런 맥락에
서 이해해야 했다.

한시연 씨(45세, 시스템 엔지니어)

원래 시가는 독실한 개신교 집안이에요. 그런데 몇 세대 전에 일찌감치
폐지했던 차례며 제사를 저희더러 모시라는 거예요. 화성은 멀어서 '아
버지'의 뜻이 덜 임할 테니 조상이라도 열심히 모셔야 한다는데, 대체 그게
뭔 말인지… 남편이 워낙 순한 아들이에요. 알겠다고 대답만 하고 말아도
될 텐데 굳이 또 이렇게…

딸이 이제 세 살인데, 동영상을 한국에 보내야 한다며 그놈의 절 시킨다
고 얼마나 안간힘을 썼는지 애가 나중엔 울면서 할머니를 찾는 거예요. 엄
마가 첫 2년을 꽉 채워서 애를 키워주셨거든요. 사실 엄마는 결혼은 물론
연애도 하지 말라고 난리셨어요. 그것도 잔소리라고 삐딱선을 탔는데 그
러다가 저 사람을 만났어요. 정작 결혼하고 나니까 박사까지 마친 딸이 주

저앉는 건 못 보신다며 살림에 육아에 어찌나 바쁘셨게요. 아무도 몰랐어요. 암세포가 온몸에 퍼지는 걸.

저희가 이주선 탑승 가구로 당첨됐다는 말에 내심 걱정이 많으셨는데, 진단받고 반년 만에 세상 떠나실 때 그러시더라고요. 차라리 잘됐다고, 가뿐히 떠나라고, 애한테도 할머니 사진은 보여주지도 말라고. 나도 울 엄마 제사 지내고 싶다, 그러면 남편은 또 흔쾌히 그러자 했겠죠. 근데 그러고 싶지 않았어요. 이번에 보니까 사진 속 시조부랑 시부가 완전 붕어빵이더라고요. 얼굴도 가물가물하다는 할아버지 차례상을 빌리면서도 우리 엄마 생각은 못 하는 저 착한 남자 역시 언젠간 저 얼굴로 늙어가겠죠. 그럴 때가 있어요. 남편 얼굴이, 이주선에서 봤던 영영 작은 점으로 멀어지는 지구처럼 느껴질 때가.

많은 이들은 생존에 필수적인 물과 공기를 매 순간 신경 써야 하는 극한 상황이 초기 화성 이주민을 극도로 힘들게 할 것이라 예상했다. 그러나 난관은 따로 있었다. 지구의 월드와이드웹처럼 익숙한 것을 당연하게 누릴 수 없는 상황이 그 무엇보다 큰 역경으로 부상했다. 지구에서 공기처럼 누렸던 빠른 통신이 화성에서는 당연하지 않았다. 행성 간 화상 통화는 자주 끊겼고, 데이터 전송 속도는 너무 느렸다.

통신 방식과 그에 따른 정보량 및 속도는 국가별로 차이가 있었지만 한정된 숫자의 위성과 수신기를 활용하는 것은 동일했다. 화성-지구 통신망은 엄연한 공공재였다. 지구와 주고받는 이메일이나 영상 편지, 각종 매체가 전하는 고향 소식들이 일주일에 한 번씩 일괄 전송됐다. 용량에 따른 추가 비용은 개인이 지불했다.

이런 상황에서 죽은 이와 소통할, 혹은 죽은 이를 매개로 고향의 가족들과 소통할 공간과 통신망을 확보하고, 지구 음식을 공수 및 대여하는 이벤트를 국가 차원에서 진행한다는 것은 아무리 생각해도 무용한 짓이었다. 마침 지구-화성 간 거리가 비교적 가까운 시기에 첫 번째 명절이 겹쳤기에 실행해볼 엄두를 냈겠지만, 한국 정부의 여느 정책과 마찬가지로 지속 가능성은 희박하다고 많은 이들이 논평했다.

박세진 씨(50세, 생화학자)

연결 직후 엄마 얼굴이 제일 먼저 보일 줄 알았는데, 완벽한 차례상이 화면에 가득하길래 숨이 턱 막혔어요. 예정된 시간에서 2시간이나 지났으니 혼자 마치셨겠거니 했죠. 오붓하게 수다나 떨자, 하던 참이었는데. 아빠 돌아가신 지 40년이에요. 첫 20년 동안 엄마는 시부모까지 모시고 제사상이랑 차례상을 차리셨어요. 처음엔 저도 도왔는데, 엄마 고생하는 거 보니까 언젠가부터 딱 싫어지더라고요. 이런 걸 아빠가 원하셨을 리가 없

104

다, 차라리 우리끼리 맛있는 거 사 먹자, 설득했는데 잘 안 되고 엄마랑 사이만 서먹해졌어요.

엄마의 엄마는 이른바 매매혼으로 베트남에서 건너오셨어요. 외조부가 내내 할머니랑 엄마를 때렸는데, 엄마가 또 폭력 남편을 만난 거예요. 폭력은 날이 갈수록 심해져 나중엔 경찰을 불러야 했죠. 담당 경찰이랑 두 번째 결혼에 이를 때는 처음이자 마지막으로 운명에 감사했다더군요. 그때 제가 다섯 살이었는데 나한테도 아빠가 생겼다는 게 그저 좋았어요. 그 행복이 딱 5년 갔네요. 외국인 혐오 관련 크고 작은 사건이 많았던 때였는데, 아빠는 현장에서 순직하셨어요. 그냥 그렇고 그런 어이없는 사고였죠.

그러고는 할아버지와 할머니, 아니 아빠의 부모라는 자들이 들이닥쳤어요. 혼혈에 이혼녀인 엄마와 결혼하느라 아빠가 연을 끊었던 분들이라던데… 어찌 된 일인지 엄마는 그때부터 인생의 목표를 사랑했던 남편의 부모에게 인정받는 것으로 삼았나 봐요. 엄마는 평생 자신이 한국인임을 증명하며 살아온 분이세요. 국가나 민족이 무슨 의미냐 반문할 기회조차 없었던 거죠. 그때부터 생각했어요. 엄마랑은 다르게 살겠다고, 'OO 나라 사람'으로 불릴 필요가 없는 삶을 살고야 말겠다고. 그래서 더욱 화성에 오고 싶었어요. 여기 와서 제일 황당할 때가, '우린 화성인이라 그런 거 안 따져' 하던 사람들이 '그래도 한국인인데 이건 챙겨야지' 할 때예요. 아빠의 부모라던 자들도 그랬어요. 아빠 연금은 다 가져가면서, 때 되면 시부모 대접은 받으려 들었죠.

중간중간 영상이 끊겨서 엄마랑 띄엄띄엄 몇 마디 주고받은 게 다예요. 잘 사시라고 했어요. 이제 그만하시라고. 아빠의 아내, 내 엄마, 어느 나라 사람, 이런 거 하지 말고 그냥 당신 자신으로 사시라고 뭐 할 말이 있으신 거 같긴 했는데 못 들었어요. 담에 또 기회를 만들면 되죠. 엄마 생일 때라든가.

정체성이란 본래 자의적이다. 애초에 우리는 남자로, 엄마로, 아들로, 한국인으로, 장애인으로, 성 소수자로, 지구인으로 태어나지 않는다. 그렇게 길러질 뿐이다. 아주 운이 좋다면 자신이 가장 편하게 느끼는 정체성을 선택할 수도 있다. 자꾸만 너와 눈이 마주치는 게 신기하면서도 그저 좋다는 걸 깨달았을 때의 나처럼. 이전까진 나와 생물학적 성이 같은 사람을 사랑해본 적이 없다는 사실은 전혀 중요하지 않았다. 그저 너를 사랑하는 내가 가장 자연스럽게 느껴졌고, 그 충만함은 나라는 존재를 채워주는 마지막 한 조각이었다. 아무런 설명이 필요 없는 당연한 사실이었다.

"엄마! 별이야, 별! 별, 많아! 엄청 많이 떨어져!" 흥분한 꼬마의 목소리가 귀에 꽂혔다. 버벅대면서 차례를 지내고, 또 버벅대느라 일정이 한참 지체되고 있었다. 대부분의 어른들은 소심하게 항의하거나 자기들끼리 구시렁대기 바빴다. 자신의 놀라운

발견을 주변과 공유하려는 아이의 열의에 반응할 수 있는 어른
은 얼마 없었다.

그런데 하나, 둘, 셋, 그러고는 열, 스물, 다시 사백, 혹은 육
백…. 셀 수 없는 별들이 앞서거니 뒤서거니 하늘에서 떨어졌다.
막막한 붉은 하늘을 가르고, 그토록 많은 색색 가지 별똥별이 몸
을 던졌다. 가늘지만 확실한 궤적이었다.

그 별들은 지구에서 날아온 보급품이었다. 당시 1년에 서너
번 정도 보급선에서 보급 캡슐이 낙하했다. 목표 시점과 지역은
일주일 전 공지됐다. 옥상 공원이 조성된 최신 호화 단지 주민들
은 그때마다 고향에서 날아온 전령들을 일종의 우주쇼처럼 구경
했다. 하지만 대다수 한국인들은 외부와 철저하게 단절된 초기
생활 단지를 배정받은 탓에 하늘을 올려다볼 기회조차 드물었
다. 그런데 단체 분향소 대여를 신청한 덕분에 보급품 낙하 장면
을 관람하는 횡재를 누리게 됐던 것이다.

새로 만들어진 영상물이나 출간물, 음악 등의 콘텐츠로 가득
한 하드 드라이브, 건조된 식재료나 완성된 레토르트 식품, 오랫
동안 기다렸던 스페어 부품 등이 지구 곳곳에서 수합되어 컨테
이너에 담긴 뒤, 몇 달 동안 우주를 날아왔다. 미국을 비롯한 몇
몇 국가 단지 옥상 공원에 사람들이 삼삼오오 모여 있었다. 타지
에서 들려오는 모국어를 반기듯, 모성母星에서 찾아온 소식들을

향해 흔드는 이들의 손이 새의 날갯짓처럼 반짝였다.

별들은 무서운 속력으로 돌진하더니 지상에 가까워지자 날개를 펼쳤다. 화성은 대기가 부족하여 지구처럼 부드럽게 착지하는 것이 아무래도 어려웠지만, 초음속 낙하산을 이용해 조금 덜 치명적인 자유낙하를 유도할 수는 있었다. 지구인은 낙하산을 색색으로 물들여 보냈다. 생존 그 자체에 신경이 곤두서서 여유를 잃어버린 화성인의 처지를 배려하기라도 하듯. 우리가 고향의 구호물자들을 두 팔 벌려 환영하리라는 것을 알고 있다는 듯. 초현실적인 속도로 곤두박질치다 한껏 팔 벌리는 낙하산들이 붉은 하늘을 수놓았다. 대낮의 별똥별이 불꽃놀이가 되었다.

대부분의 분향객들은 고향에서 날아온 마음이 펼쳐 보이는 우주쇼에 넋을 잃었다. 그때 진행요원의 안내가 끼어들었다.

"보급선과 보급 캡슐 낙하로 인한 전파 간섭 때문에 에러가 생겼습니다. 복구에 상당 시간이 걸릴 듯하여 원격 차례 분향은 더 이상 불가능하겠습니다. 정말 죄송합니다."

목청 높인 항의가 몇 차례 이어졌다. 맡겨놓은 앙코르 공연을 요구하는 관객처럼 꿋꿋했던 영상통화 분향객들은 대여료 전액 환불과 소정의 영상물 전송 바우처 지급을 약속받았다. 핏대를 세우던 이들은 어쩔 수 없다는 듯 어깨를 으쓱하더니, 창밖으로 눈을 돌렸다. 착지한 보급품들이 로버에 실려 제각기 목적지를 찾아갔다. 저 멀리서 흙먼지가 날아올랐다.

이주영 씨(28세, 개발자)

이주선에 오르기 직전 호주에 사는 누나와 영상통화로 인사를 주고받는데 누나가 그랬어요. '하늘 아래 너랑 나 둘뿐일 때가 차라리 나았네. 이제 지구엔 나 하나뿐이구나.' 쓸쓸해 보이던 누나가 마음에 남아서 함께 부모님 차례를 지내려고 처음 시도한 거였어요. 무슨 특별한 효심이니 명절 향수병 같은 건 없었고요.

차례도 결국 마음이 하는 일 아닌가요. 옆 사람과 함께, 지금은 옆에 없는 사랑했던 사람을 기억하고 같이 있음을 확인하는. 우린 잘 지낸다, 거기서 잘 지내시라, 조만간 만나자. 결국 차례니 제사 핑계 삼아 오랜만에 만난 사람들과 그런 말들을 주고받으라는 게 조상님 뜻 아니었을까요. 그게 이렇게 복잡한 절차를 거치면서 본말이 전도됐구나, 깨달았습니다. 까마득한 우주를 건너서 보급품이 전달되고, 그 광경을 사람들이 한마음으로 맞이하는 걸 보고 있자니… 살아서 다시 웃으며 얼굴을 볼 수 있다는 것만으로도 엄청난 축복이란 생각이 들어요. 분향소 대여를 또 할 것 같진 않고, 대신 누나랑 영상통화나 좀 더 자주 해야죠.

살아서 다시 한번 기쁘게 얼굴을 마주한다는 것. 무엇으로도 전할 수 없는 마음을 전하기 위해 말없이 바라보고 사무치게 쓰다듬는 것. 그건 내가 너에게 가장 바라는 것이었다.

너에게 남은 시간이 길어야 1년이라는 걸 알았을 때 나는, 그 1년 동안 너의 파트너로서 최선을 다하겠다고 결심했다. 결국 우리는 1년을 다 채우지도 못했지만, 오로라 여행을 비롯한 버 킷리스트 대부분을 그때 이뤘다. 후회 없는 시간이라고, 그때는 분명 그렇게 생각했는데, 돌이켜보니 후회를 남기지 않는다는 건 불가능한 일이었다.

미세하게 밝아진 표정으로 발길을 돌리는 영상 통화 분향객들을, 일반 분향소 대기자들이 어쩐지 부러움이 섞인 눈으로 바라 보고 있었다. 묻지 않아도 그 이유를 알 것 같았다.

실은 나도 그날 취재를 핑계로 일반 분향소를 예약했다. "내 몫까지 멀리 가 닿아줘. 그곳에서 우리 다시 만나자." 네가 말했 기에 내가 여기에 있어. 너에게 술 한잔 전하면서 자랑스럽게 말 하고 싶었던 것뿐이었다. 그런데 우리가 함께 본 오로라와 참 많 이 닮은, 보급품 낙하 우주쇼를 보고 나서야 깨달았다. 마음이 하는 일에 그런 의례는 필요 없다는 걸.

그 오로라 여행의 하이라이트도 누군가의 흥분 섞인 목소리 로 시작됐다. 눈앞에 펼쳐진 장관을 뭐라 불러야 할지도 몰랐기 에 다들 외마디 비명만 지를 뿐이었다. 숙소로 향하는 버스 안에 노곤한 몸을 실은 관람객 모두의 시선이 이내 창밖 너머 하늘로 향했다. 3일 밤에 불과한 일정의 첫날 밤 내내 오로라를 관측하지 못했다는 실망감에 가득했던 우리는 서둘러 버스에서 내렸다. 그 뒤로 10분가량 오로라 폭풍은 계속됐다.

태양의 흑점을 떠난 입자들이 태양풍을 타고 멀리멀리 날아가던 중 지구 자기장에 끌려와 오로라가 된다지. 지구의 정수리에서 누군가 펼쳐 든 빛의 커튼 한복판 같았던 오로라 폭풍. 눈물이 뺨 위에서 얼어붙고 있다는 것도 잊고서, 너와 나를 그곳, 그 시간에 함께할 수 있게 해준 세상의 모든 인연에 감사했다. 그날 밤 숙소에서 너는 말했다. 까마득히 먼 곳의 보이지 않는 입자들이 알 수 없는 힘에 이끌려 아무런 목적 없이 그런 장관을 만들어내는데 너와 내가 그 안에서 함께였다니. 그것이 기적이 아니라면 달리 무엇을 기적으로 불러야 할지 모르겠다고. 북구의 끝없는 겨울밤, 한없이 따뜻한 너의 품에서 나는 말없이 고개를 끄덕였다.

막연한 불안감과 외로움 때문에 기획된 '한민족 단체 차례 분향'은 일회성 전시 행정 이벤트, 혹은 싱거운 해프닝으로 끝났다. 한국계 화성인 1세대의 첫 홀로서기로 마무리된 나의 기사는 데스크에서 걸러져 독자를 만나지 못했다.

그로부터 40년. 이제는 안다. 아무리 멀리멀리 나아가도, 아무리 오래오래 시간이 흘러도 여전히 새롭게 아프고 생생하게 고마운 마음이 있다는 걸. 분기마다 한 번꼴로 이뤄지던 보급품 낙하쇼는 이제 일주일에 한 번 지구에서 왕복선단이 착륙하고 또 이륙하는 장관으로 바뀌었다. 그때에도 지금도, 나는 상황이 허락하는 한 그 광경을 놓치지 않는다. 그때마다 너와 함께 들었던 음악을 처음인 듯 듣는다. 듣고 있으면 또 새삼스럽게 눈물이 난다. 우리의 뜨거운 마음과 연약한 육체가, 인간이 만들어낸 단단하고 만질 수 있는 무언가에 실려 먼 우주를 건너온다. 그 모습을 볼 때마다, 언제나 기적처럼 가슴이 뛴다. 너를 알아봤던 그 순간처럼, 너와 함께임을 느끼는 모든 시간처럼.

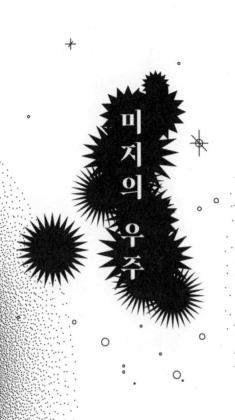

미지의 우주

현재 시각 화성 표준시 금요일 오후 5시 30분. 미지는 30분째 메인 화면 한구석, 새 이메일 알림이 표시될 곳을 응시 중이었다. 이런 소식은 금요일 퇴근 직전이나 월요일 출근 직후 도착하기 마련이었다. 잠시 피곤한 눈을 쉬게 하고 초조한 마음을 달래기 위해 고개를 돌렸을 때 미지의 시야에 들깨 화분이 들어왔다.

두 달쯤 전이었나. 혜리가 미지에게 조심스럽게 들깨 씨앗을 건넸다.

"다율 엄마한테 사정해서 채종한 거야. 잘 키워서 같이 깻잎 장사나 한번 해볼까?"

혜리는 주변 눈에 띌까 유난히 조심하는 모습이었다. 마치 들깨 씨앗이 한국에서 밀수한 신상 허니버터 과자라도 되는 것마냥.

현지에서 지구 식재료를 공급하는 게 예전만큼 어렵지는 않았지만, 단 한 평의 경작지도 비용과 직결되는 현실은 변함없었다. 오크라, 두리안, 깻잎 등 특정 문화권에서만 사랑받는 채소나 과일은 대규모 이주 및 현지화 식물 목록에 여전히 이름을 올리지 못했다. 그 같은 식물이 아쉬운 이들은 알음알음 소규모 가정 재배를 시도했다. 늘 깻잎을 아쉬워했던 엄마 생각이 나서, 미지는 내심 귀찮았지만 일단 씨앗을 받아두었다. 마침 우주 역시 뭐든 키우고 싶다고 성화였다. 우주 교육상 좋을 수도 있겠다 싶었다. 비싼 흙을 구해서 파종까지 해낸 게 한 달 전.

이런 귀찮음을 마다치 않다니 내가 딸을 많이 사랑하긴 하는구나, 생각했을 뿐 미지는 깻잎 자체에 대한 애착은 없었다. 그런데 하루 두 번씩 꼬박꼬박 물을 주다 보니 통통한 새싹과 함께 소소한 정이 움텄다. 아침저녁으로 인사를 나누던 어느날, 발아하는 순간을 알아채지도 못했는데 어느새 좁은 화분 한편으로 잎이 제법 큰 그늘을 드리웠다. 떡잎을 발견한 지 2주 만에 잎사귀가 세 쌍이 됐다는 걸 확인할 무렵 미지는 들깨가 자신의 마음에도 뿌리내렸다는 것을 인정했다.

어린이집으로 우주를 데리러 가기 전에 화분에 물을 줘야겠군. 그렇게 생각한 순간, 새 이메일이 날아들었다. 기다리던 제목이었다.

레드플래닛 팀장급 지구 연수 대상자 선발 결과

미지는 화성 최대 콘텐츠 유통 기업 '레드플래닛'의 사용자 분석팀 팀장이었다. 사용자 분석팀은 레드플래닛의 핵심 업무가

집중된 부서였다. 지구로부터 콘텐츠를 선별 수입하던 회사는 그간 자체 제작 콘텐츠 비율을 꾸준히 늘려왔다. 언제까지나 지구발 콘텐츠에 목을 맬 수 없다는 생각은 태양계 정착지 거주민 모두가 공유하고 있었다. 지구의 공급자들은 마지막 순간에 계약 조건을 변경해달라고 요구하거나 납품 직전에 추가 비용을 청구하기 일쑤였다. 콘텐츠 이용자들 역시 지구인들만을 위한 PPL에 늘 어리둥절해하다가 슬슬 지겨워했다.

그러던 끝에, 태양계 표준력 4년 안에 화성 자체 제작 콘텐츠를 일정 비율 이상 서비스한다는 계획이 공식화됐다. 회사 내 최고 인력을 모아 3년 뒤 콘텐츠 제작팀을 출범한다는 액션플랜도 함께 공개했다. 이에 맞춰 지구 각국의 콘텐츠 기획, 제작, 홍보 및 배급을 담당하는 주요 기업에서 진행되는 2년간의 직원 연수 프로그램이 시작됐다.

태양계는 점점 좁아졌고, 대규모 정착지가 형성된 화성과 지구 사이의 심리적 거리는 과거의 달과 지구만큼 가까워졌다. 하지만 행성 간 이동은 여전히 일반인들이 일상적으로 계획할 만한 이벤트가 아니었다. 다른 행성으로 향하는 것은 남은 인생 전부를 건 결정, 즉 이주를 의미했다. 그런데 파격적인 지원 조건으로 2년 동안 지구의 중력과 대기를 경험할 기회라니. 1년에 달하는 왕복 이동 및 적응 기간 역시 유급이었다. 당연히 경쟁률이 치솟았다.

3년 가까이 육아를 함께했던 엄마가 반년 전 세상을 떠나지 않았다면 제아무리 좋은 기회라도 못 본 척 넘겼을 것이다. 처음엔 그저 들깨 씨앗을 심고 물을 주는 마음으로 연수 프로그램에 지원했다. 그러나 애써 파종하며 새싹을 만나지 못해도 좋다 생각할 사람은 없다. 미지 역시 밤잠을 줄여가며 필요 서류를 준비했다. 그 모든 노력이 보답받지 못할 가능성은 생각하지 않고서.

'메이드 인 화성' 콘텐츠를 향한 사용자의 갈증은 지속적으로 유의미한 증가세를 보였다. 지구의 사계절, 지구의 도시, 지구의 중력에 별다른 애틋함이 없는 화성 정착 2세대인 강미지 사용자 분석팀장에게 이는 중요한 징후였다. 게다가 한국산 콘텐츠의 팬덤이 21세기 초반 이후 다시 한번 전 인류에게 주목받고 있었다. 덕분에 연수 기업 리스트에는 한국 엔터테인먼트 기업이 다수 포함됐고, 연수 대상자 역시 한국어 능통자를 선호했다. 도전할 만한 의미는 물론 승산도 있었다. 지원 일정은 다소 빠듯했다. 행성 간 왕복선이 2년 주기로 돌아오는 화성-지구 대접근기에만 운행하기 때문이었다.

축하합니다. SBN엔터테인먼트[한국]에서 진행될 연수 대상자로 선정되셨습니다. 아래 링크에서 대상자 유의사항과 향후 일정을 확인하시기 바랍니다.

간다. 아침이면 커다란 해가 떠오르고, 밤이면 하나뿐인 작은 달이 궤적을 그린다는 곳으로. 엄마의 고향으로. 지구에 관한 책을 읽어줄 때마다 집중하는 우주의 신중한 뒤통수를 생각하며 미지는 어린이집을 향해 바삐 걸음을 옮겼다. 늘 할머니로부터 지구 이야기를 들었던 우주는 할머니가 돌아가신 뒤로 지구 사진을 볼 때마다 '할머니 지구로 돌아갔지?'라고 말하곤 했다. '돌아가셨다'의 의미를 헷갈린 탓일 텐데 미지는 굳이 이를 정정하지 않았다. 그런데 얼마 전부터, 우주는 더 이상 지구 사진을 보아도 할머니 이야기를 꺼내지 않았다. 한국행 소식에 우주가 어떻게 반응할지 궁금했다.

"아, 그래? 잘됐네."

첫 반응이 시큰둥했다. 엄마가 평소보다 늦게 온 것이 불만인 모양이었다. 영어와 중국어를 공용어로 사용하는 화성인들은 가정에서는 각자의 모국어를 사용했다. 우주가 한국어를 접하는 소스의 95퍼센트는 엄마인 미지였다. 모친이 그랬듯, 미지 역시 아이의 말투와 관용구를 통해 자신의 언어 습관을 되돌아봤다. 연수 지원으로 바빴던 탓에 아무래도 요즘 우주한테 심드렁하긴 했지.

미지는 말없이 아이의 손을 잡고 집으로 향하며 생각에 잠겼다. 지구에서도 우주를 보육 기관에 맡겨야 할 것이다. 한국은 근로 환경이 지구에서도 치열하기로 소문난 곳이니 오랫동안 맡아주면서도 집에서 가까운 데를 찾아야 할 텐데. 아니, 그보다 집을 직접 구해야 하던가? 아니면 제공되던가? 그때 쨍한 목소리가 복잡한 머릿속을 비집고 들어왔다.

"엄마! 우리 놀이터 들렀다 가자아!"

미지는 잠시 고민했다. 삐친 아이를 달래야 했고, 놀이터에서 기운을 빼면 우주가 빨리 잠들 수도 있었다. 잘하면 아이들끼리 노는 동안 태블릿으로 각종 혜택을 확인할 수도 있을 터였다. 미지는 순순히 방향을 틀었다. 귀갓길에 놀이터를 지나치지 못한 아이들이 하루를 불사르는 소리가 멀리까지 들려왔다.

평생 지구 중력을 경험한 적 없는 이주 2세대가 30, 40대에 접어들었다. 그간 다국적 연합체인 화성 정착지 역시 제법 뿌리를 내려 이제는 새로운 삶의 터전이 되었다. 농업단지, 공업단지, 금융단지, 고등교육단지 등, 주로 업종별로 정착지가 구획된 탓에 이웃들은 대부분 동종업계 종사자였다. 미지가 살고 있는 정보통신단지는 예로부터 지구에서 유입된 신규 이민자가 많은 편이었다. 최근 몇 년간 이민자 중 한국인 비율이 눈에 띄게 높아졌다. 우주가 근래 어울리고 있는 또래 친구 두 명 역시 최근 지구에서 이주한 한국 출신이었다. 그 엄마들에게 육아 친화적 한국 살이 정보를 얻을 수 있을지도 몰랐다.

놀이터에 들어서자마자 우주는 한달음에 무리에 섞여들었다. 미지는 대부분 여성으로 구성된 한국인 보호자 그룹과 눈인사를 주고받은 뒤, 두어 걸음 떨어진 곳에서 태블릿을 꺼내 들었다. 어쩐 일인지 오늘 혜리는 없었다.

"오늘 퇴근이 이르셨나 봐요. 우주를 직접 데려오신 거 보면."

형식적이나마 말을 건넨 이는 여느 때처럼 다율 엄마였다. 놀이터의 인간 보호자 대부분은 남편의 이직으로 화성행을 택한 여성이었다. 우주가 놀이 상대를 적극적으로 요구하기 시작하면서 미지는 그 그룹에 속하기 위해 노력해야 했다. 그러나 아이의 상급 학교 진학, 남편의 직장 내 처우, 화성 적응에 필요한 건강 및 피부 관리 등 지구 출신 엄마 그룹의 화제 중 무엇 하나 미지가 끼어들 틈이 없었다.

사실 미지는 놀이터에서 이뤄지는 인간 보호자들과의 모든 네트워킹이 어느 정도 귀찮고 불편했다. 화성 이주 2세대이자 풀타임으로 일하는 자신을 그들이 마뜩잖아한다는 느낌을 받았고,

때로는 자신이 그들과는 다르다는 모종의 우월감도 들었다. 그런 선 긋기가 그들에게 느껴질 수 있다는 것까지 알았지만 미지는 그래도 어쩔 수 없다고 생각했다. 아니, 어쩔 필요도 없다고 생각했다.

"오후에는 재택근무를 했어요."

평소라면 대화는 여기서 끝났을 것이다. 무슨 말을 더 해야 할지 몰라 주저하던 미지가 용기를 냈다.

"우주랑 제가 곧 2년 거주 일정으로 지구에 가요."

무리로 복귀하려던 다율 엄마가 멈칫했다. 우주네 학년에 새로 들여온 교육 로봇의 성능에 대한 성토로 여념이 없던 이들이 약속이나 한 듯 미지를 돌아봤다.

"한국…으로 가는데, 우주 기관 입소 문제도 있고, 앞으로 종종 문의할 일이 생길지도 모르겠어요. 잘 부탁해요."

알 수 없는 표정으로 미지를 바라보던 이들이 두서없이 말문을 열었다.

"부탁은요… 근데 우주가 적응하려면 만만치 않겠네요. 지구 사람들 텃세가 화성 못지않아요."

"에이 그래도, 축하할 일인 거 맞죠? 대접근기 곧 시작인데 준비하려면 엄청 바쁘시겠어요."

"와, 진짜 용감하세요. 오며 가며 그 긴 비행을… 애가 힘들어서 저라면 엄두도 못 냈어요."

"화성 토박이분들 지구 중력 적응이 많이 힘들다던데…"

화성 정착 초기에 태어난 미지는 화성 인구가 기하급수적으로 늘어나는 것을 전 생애에 걸쳐 체감했다. 생존과 직결된 문제가 산적했던 초기 화성인들의 언어생활은 정보 전달에만 급급했다. 제아무리 유창해도 공식어는 모국어보다 낯설었고, 모국어를 사용할 사적 영역은 넓지 않았다. 행성 개조가 진행되면서 사람들은 비로소 친교와 자기표현이라는 언어의 또 다른 기능을 적극적으로 활용했다. 그럼에도 지구 밖 정착민의 언어는 본디 간결하고 직설적이었다. 이는 공식어뿐 아니라 개별 민족어에도 적용되는 보편적인 특징이었다.

전형적인 화성인 미지는 지구인, 특히 한국 출신 지구인과의 대화가 늘 피곤했다. 실제 발화 내용보다 행간에 더 많은 의미를 담지만 정작 발화 그 자체에는 정보 값이 없는 경우가 허다했다. 일터에서는 괜찮은데 일상생활에서 대화를 곱씹는 일이 늘었다.

오늘도 역시 미지는 저녁 시간 내내, 놀이터에서 감지했던 이상 기류를 곱씹었다. 그 자리에 혜리가 있었다면 달랐을 것이다.

2년 전 화성에 도착한 이웃 혜리는 지구를 떠나기 직전까지 콘텐츠 기획자였다. 흥행은 물론 작품성 면에서도 전무후무한 타율이었다. 미지 역시 혜리의 콘텐츠를 혜리보다 먼저 접했으니까.

혜리에게는 우주보다 한 살 많은 아들과 한 살 어린 딸이 있었다. 기획자의 업무는 불규칙할 수밖에 없는데, 육아의 생명은 정해진 일상의 반복이었다. 혜리는 절대로 둘째는 없다고 이를 갈았으나 경력이 10년을 채울 무렵 둘째가 태어났다. 일단 시작하면 완벽한 끝을 보아야만 직성이 풀리는 업무 스타일, 무엇보다도 지는 것을 싫어하는 승부사 본능은 정해진 일상을 반복해야 하는 육아와 상극이었다. 이대로 일을 계속할 순 없다는 불길한 예감이 현실로 다가오기 직전, 마침 혜리의 남편이 탈지구를 할 수 있는 이직에 성공했다.

전설적인 기획자가 이웃사촌이 되다니, 너무 반갑다며 미지는 혜리의 가족을 저녁 식사 자리에 초대했다. 그 자리에서 미지는 단번에 알아봤다. 더럽고 치사해서 익숙한 판을 떠나왔다는 혜리의 모든 말이 신 포도라는 걸.

"외계행성 정착민이 이제 몇인데 언제까지 다 늙은 지구별 콘텐츠에 매달릴 거야. 시간, 중력, 대기, 하다못해 발 딛고 선 땅의 성질까지 어느 것 하나, 같은 점이 없잖아."

그날 저녁, 지구산 콘텐츠를 그대로 실어 나르기에 급급한 화성 플랫폼에 대한 혜리의 분석은 호기롭고도 날카로웠다.

자리를 파할 무렵, 혜리는 혼잣말로 중얼거렸다. "와, 나 왜 여기까지 와서 이런 얘기를 하고 있지?" 미지는 그 뒤로 한 번도 혜리와 콘텐츠에 관한 이야기를 나눌 수 없었다. 내심 아쉬웠지만 신 포도는 굳이 건드리지 않는 것이 상책이라고 생각하며 미지 역시 입을 다물었다. 그리고 둘째의 어린이집 입소와 함께 6년에 걸친 혜리의 육아 집중기 졸업이 코앞이었다.

야무지고 경우가 바른 혜리는, 아버지를 향한 미지의 뿌리 깊은 애증을 털어놓은 유일한 사람이기도 했다. 미지의 아버지는 향수병 때문—이라고는 하지만 실은 그저 지구 김치 맛을 못 잊어 이주 6년 만에 가족을 버리고 지구로 돌아가버렸다. 로봇 공학자였던 미지의 엄마는 홀로 딸을 당당한 화성인으로 길러냈고, 미지와 함께 우주를 키웠다. 미지가 그런 엄마를 떠나보냈을 때, 혜리는 미지의 단출하고 애틋한 애도를 함께했다. 혜리 역시 화성으로 향하기 직전 엄마가 돌아가셨던 것이다.

우주의 보육 기관 문제를 의논할 첫 번째 상대는 당연히 혜리였다. 귀가하자마자 혜리에게 지구행 소식을 문자 메시지로 알렸는데 몇 시간이 지나도록 휴대폰이 잠잠했다. 우주를 재우고도 한참 뒤 답신이 도착했다.

- 언제부터 계획한 일이야?

  평소의 혜리라면 문자를 확인하자마자 일단 술 한 병 들고 미지네 집 초인종부터 눌렀을 것이다. 미지는 문득 입맛이 써졌다.

- 계획이랄 게 있나. 이러저러한 기회가 생겼다기에 혹시나 하는 마음으로 해봤던 거지. 그나저나 큰일 났어.

  미지는 평소답지 않게 산만한 메시지를 보낸 후 채팅창을 노려봤다. 잘못한 것도 없는데 묘하게 찜찜한 기분이 들었다. 내가 일찌감치 의논하지 않아서 기분이 나빴나? 그렇게까지 내 커리어에 관심이 많은 줄은 몰랐는데. 구체적으로 답변할 수 있는 실질적인 질문을 던지면 이 어색한 분위기가 떨쳐지려나 싶은 마음에 미지는 한 줄을 덧붙였다.

- 우주 맡길 보육 기관 알아봐야 하는데, 유치원이랑 어린이집이 어떻게 다른 거야?

  미지가 막 잠이 들려는 찰나, 혜리의 대답, 아니 질문이 돌아왔다.

- 어디서 연수를 받는다고?

    말을 안 했던가, 고개를 갸웃거리며 답장을 하는데 그제야 생
각이 났다. 미지가 일하게 될 SBN은 혜리가 최고의 몸값으로 스
카우트되었다가 2년 만에 퇴사한 마지막 소속이었다. 혜리가 지
나가듯 말했던 살인적인 업무량과 성과 중심주의가 떠올랐다.
한동안 말이 없기에 잠든 줄 알았던 혜리로부터 또 다른 메시지
가 도착했다.

- 그런 거 하나 안 알아보고 덜컥 지원했어? 혹시나 하는 마음에 한번 해
봤다고? 지구며 한국에 연고도 없다면서 혼자 어쩌려고 그래?

    마치 SBN 이야기는 없었다는 듯, 혜리의 말에는 미지의 이전
질문에 대한 대답, 아니 힐난만이 담겨 있었다. 한국어가 완벽하
지 않은 미지도 그건 알 수 있었다.
    미지에게 한국어는 불가해한 모국어였다. 한국어는 정확하게
말하는 것을 두려워하는 이들을 위한 언어 같았다. 말의 내용보
다 먼저, 말의 이면에 깔린 화자의 기분을 인지해야 한다는 알람
이 늘 켜져 있었다. 방금 혜리의 문자에선 그 알람이 최고 경보
단계로 빛났다. 물음표는 많았지만, 어느 것 하나 대답이 필요

없었다. 그러나 어떤 대응을 해야 하는지 역시 알 수 없었다. 미지는 그저 생각을 멈추기로 했다.

　미지는 육아 로봇에게 우주를 맡기고 주말 출근을 감행했다. 연수 담당자에 따르면 보육비는 일정 범위 안에서 지원 가능하지만 서비스를 검색하고 지정하는 일은 전적으로 당사자의 몫이었다. 지구의 월드와이드웹을 매일 정해진 시각에 크롤링하여 다운로드해두는 서버에 접속하는 일도, 지구 인터넷을 검색하는 작업도 회사의 슈퍼컴퓨터를 통해야 했다. 지구 인터넷은 실시간이라지만 편도 3분에서 22분간의 시차가 있었다.

　우주는 주말에 집을 비우는 미지에게 단단히 토라졌다. "우주 이제 엄마 딸 아니야!" 돌아앉은 뒤통수가 야무졌다.

　"강우주! 이따 저녁때 엄마랑 같이 화분에 물 주자!"

　인사를 대신하여 큰 소리로 외친 뒤 미지는 현관문을 닫았다. 어제 아침 이후 방치된 들깨 화분이 그 와중에 미지의 마음에 밟혔다. 아, 화분. 잎을 따면 해보고 싶은 음식이 많았는데. 혜리네도 불러서 반찬 삼아 함께 저녁도 먹고, 또 남으면 이웃의 한국 가정에도 나눠주고, 꽃이 열리면 채종도 하고.

　미지는 사무실에 도착하자마자 어린이집과 유치원의 차이를 먼저 검색했다. 의외로 결론은 간단했다. 유치원보다 보육 시간이 긴 어린이집을 목표로 잡았다.

그다음으로는 아동 보육 기관 정보 통합 공시 사이트에서 개별 기관의 정보를 조회하여 희망 기관을 정한다. 이후 '베스트키드'라는 어린이집 전용 통합 사이트에서 원하는 어린이집에 우주를 입소 대기 아동으로 등록한다. 그리고 자리가 나길 기다리면, 끝.

꽤 단순한데? 물론 방심은 금물이었다. '베스트키드'라는 사이트 이름에는 영문 모를 강박이 담겨 있었고, 그것이 미지의 헛웃음을 자아냈다. 미묘하게 불편한 인터페이스, 겉만 번지르르한 플러그인이 곳곳에 숨겨진 한국의 웹 환경은 매 순간 소소하게 당혹스러웠다.

그럼에도 필요한 정보를 모두 확보한 미지는 지구 인터넷 접속을 앞두고 호흡을 가다듬었다. 베스트키드 회원가입과 입소 대기 신청 모두 실시간 통신으로만 가능했다. 동일 행성 내라면 클릭 한 번쯤이야 눈 깜빡할 사이에 이뤄지겠지만 지구-화성 간 웹서핑은 전혀 다른 얘기였다. 짧으면 건강한 성인이 지구에서 1킬로미터를 뛰는 데 필요한 시간, 길면 45분짜리 드라마 에피소드 1회 분량을 감상할 수 있는 시간이 걸렸다.

이에 따라 지구와의 교신을 앞둔 화성인들은 저마다 준비 의식을 거행했다. 미지는 매 순간 달라지는 화성-지구 통신 소요

시간을 앱으로 확인하며 의식을 시작했다. 커피를 내리고, 마음을 안정시키는 백색소음을 틀어놓고, 시간이 걸리는 동안 수행할 수 있는 단순 업무 몇 가지를 쌓아놓았다.

준비를 마친 미지는 베스트키드 회원가입 페이지에 기세등등하게 입장했다. 화면에 메시지가 떴다.

본인 인증이 필요합니다. 홍채 인식에 동의하십니까?

일견 간단해 보이는 질문이 그 모든 과정의 서막이었다. 홍채 인식 절차에 앞서 미지는 자신의 생체 정보가 해킹 시도로부터 안전함을 증명해야 했다. 이는 각종 악성 소프트웨어 퇴치 백신을 인체에 직접 이식해야지만 가능했다. 이 기상천외한 백신은 당연히 대한민국에서만 이식과 갱신을 할 수 있다는 걸 깨닫기까지 왕복 10분의 시차를 열 번쯤 거쳤다.

불가해한 일투성이였다. 시스템 보안의 책임이 개인에게 있다는 것도, 신체에 이식한 백신 칩을 매년 갱신하는 불편함을 개인이 감수한다는 것도 이해할 수 없었다. 가장 불가사의한 지점은 인류의 생활권이 태양계까지 확장된 이 시대까지, 이처럼 무용한 국가 공용 시스템이 살아남았다는 것이었다.

건강한 성인이 10킬로미터를 달릴 수 있는 시간을 다시 견딘 끝에 알아낸 것은, (덕분에 『스칸디 情 육아』라는 제목이 너무 특이해서 사놓고는 일독을 미뤄뒀던 알쏭달쏭한 콘셉트의 육아 책 한 권을 거의 독파했다.) 외국인은 백신 없이도 본인 인증이 가능하다는 신묘한 사실이었다.

서류상 미지는 한국인이었다. 일종의 다국적 연합체였던 화성 거주자들은 별도의 절차를 거치지 않는 한 지구 국적을 유지한다. 자신을 외국인이라고 주장하며 영문으로 이름을 적기만 하면 외국인으로 쳐준다는 고급 정보를 재외 한국인 포럼에서 발견했다. 민족 정체성을 버려야만 본인 인증을 할 수 있는 조국의 인터넷 환경은 이제 미지에게 모국어 못지않은 미스터리로 등극했다.

우여곡절 끝에 베스트키드 회원가입에 성공한 미지는 얼떨떨한 성취감을 재빨리 떨쳐냈다. 안심할 수 없다는 본능적인 경계감을 발휘하며 다음 단계인 시스템 등록에 돌입했다. 풀 마라톤 완주는 이미 각오하고 있었다. 그리고 등록 첫 페이지에서 깨달았다. 10분의 시차가 오히려 울화를 다스리는 데 도움이 될지도 모른다는 것을.

아동 본인은 물론 양쪽 보호자의 개인 정보를 입력해야만 입소 대기를 완료할 수 있었다. 강우주 밑에 '보호자 1'인 강미지의 정보를 빠짐없이 입력했지만, '보호자 2'의 정보를 빈칸으로 남겨두자 다음 페이지로 넘어갈 수 없었다. 친모와 친부가 아닌 보호자 1, 2에 그쳤다는 사실을 기특하게 여겨야 할지, 성별을 명시하지 않아야 한다는 데까지는 생각이 미쳤으면서 한 부모는 용납할 수 없다는 고집을 딱하게 바라봐야 할지도 알 수 없었다.

제아무리 대접근기라도 빛이 5분 동안 여행해야 닿을 수 있을 만큼 먼 행성, 지구가 한없이 아득하게 느껴졌다. 그 순간, 화면 우측 하단에 '특수가정'이라는 작디작은 선택 버튼이 눈에 들어왔다. 그렇게 다시 10분을 기다려 한 부모 가정, 동성 가정, 조손 가정 등이 '특수'하다는 것을 알아냈다.

4년 반 전, 미지는 사귀던 남자와 헤어진 직후 우주를 임신했다는 것을 알았다. 생부에게 이를 알릴 필요도, 의무도 없었다. 미지는 별다른 고민 없이 비혼모가 된 뒤 자신의 성을 아이에게 물려줬다. '강우주'라는 풀네임을 일상적으로 불렀던 건, 그 특별함과 각별함을 공식화하고 싶은 마음 때문이었을 것이다. 그런데 국가가 그것을 '특수'하다며 선을 그었다. 자그마한 '특수가정' 버튼이 자신의 결정을 소소하게 비웃는 듯했다.

이렇게까지 해서 지구를 가야 하나. 앞뒤 없는 회의가 엄습했다. 지구였다면 젊은 비혼모가 현 위치까지 오르기 쉽지 않았을 것이다. 당연하고도 합리적으로 주어졌던 모든 가능성은 철저히 화성 특화된 것임을 미지도 인지하고 있었다.

가까운 미래에 레드플래닛은 태양계 내 다른 정착지로 진출을 시도할 터였다. 다양한 중력과 인력, 공전과 자전주기를 몸에 새기며 살아가는 지구 밖 정착민들에게 레드플래닛은 상징적인 의미를 지닐 것이다. 무엇보다도 미지 자신이 지구에서 제작되는 콘텐츠에 만족할 수 없는 레드플래닛 주 사용자 그룹에 속했다. 오래된 행성의 식상한 기준으로는 화성인들의 다양한 정체성을 규정할 수 없었다. 이런 다양한 정체성을 아우르는 콘텐츠를, 틀린 게 아닌 다른 이들의 이야기를, 태양계의 일원으로 성장할 우주에게 보여주고 싶었다. 생각만으로도 가슴이 뛰는 밑그림이었다. 익숙한 지구를 떠날 결심을 했을 때 미지의 엄마도 이런 그림을 보았을까. 포기할 수 없다.

그 순간 문자 메시지가 도착했다. 혜리였다.

- 주말 놀이터 플레이데이트 나올 거야?

주말 육아의 난이도를 낮추기 위해 한국 엄마들은 언제부턴가 주말마다 같은 시간, 한곳에 모여 아이들을 놀게 했다. 많은 한국 가족들이 교회에 나가는 일요일을 피하다 보니 자연스럽게 토요일 오후 4시로 시간이 굳어졌다. 혜리 덕분에 미지도 자연스럽게 그 모임에 합류했다.

따지고 보면 사택단지와도 같았던 작은 주거 공동체 안, 대부분의 가족 구성원은 남성과 여성의 결합을 전제했다. 그 안에서도 모녀 삼대라는 희귀조합은 겉돌기 십상이었다. 다행히 행간은 물론, 사람 사이도 귀신같이 알아채고 챙기는 혜리의 중계로 미지 모녀의 운신은 부쩍 편해졌다.

문자 메시지만으로는 혜리의 마음을 짐작할 수 없었기에 웬만하면 얼굴을 비치는 것이 좋을 듯했다. 부랴부랴 귀가한 미지가 우주와 함께 놀이터에 들어선 것은 4시 10분쯤. 놀이터에는 한국어 말소리가 이미 가득했다. 혜리를 포함한 다른 이들이 그 장소에 30분 전부터 있었던 것처럼 느껴졌다. 미지도 모르는 사이 플레이데이트 시간이 변경됐고 아무도 이를 알려주지 않았던 것일까? 미지의 확인할 수 없는 모난 지레짐작을 멈춘 것은 우주의 목소리였다. 놀이터에서 친구들이 삼삼오오 모여 노는 것을 훑어보며 어디에 합류하는 게 좋을지 가늠하던 우주가 갑자기 다율 엄마에게 다가간 것이다.

"다율 엄마, 혹시 오늘도 과자 가지고 오셨나요?"

지난주 토요일 플레이데이트 때 다율 엄마가 아이들에게 나눠준 쌀과자를 우주가 유난히 맛있게 먹었다. 일주일 내내 그 쌀과자 타령이었으니까. 그래도 우주가 엄마나 선생님 외의 어른에게 말을 걸 정도로 용기를 낼 줄은 몰랐다.

서로를 이름이 아닌 가족이나 친족 호칭으로 부르는 한국인의 화법을 미지는 받아들일 수 없었다. 우주의 친구 부모를 부를 때는 이름을 썼고 우주에게는 '누구누구 엄마' 혹은 '누구누구 아빠'라고 지칭했다. 한국에서 온 이들은 그런 미지를 뭔가 다른 이웃으로 생각했고, 미지 역시 그들이 자신을 뭔가 불편한 이웃으로 여기리라 짐작했다. 아이들은 누가 가르쳐주지 않아도 서로의 엄마를 이모라고 불렀고 서로의 아빠는 거의 부르지 않았다. 미지를 따라 친구의 엄마를 '누구 엄마'라고 부르는 우주는 아무래도 눈에 띄었다.

"음? 그거… 이제 다 먹었는데. 지금은 없어."

달지 않고 담백한 쌀과자가 여러 겹으로 겹쳐 있는 아삭한 식감이 일품이긴 했다. 김치 맛이라고는 하지만 약간 매콤한 정도인 토핑 가루를 우주는 특히 맛있어했다. 미지 자신도 궁금해해 본 적 없는 김치를 먹어보겠다며 김치 구매를 종용할 지경이었다. 그래서인지 다율 엄마의 답을 들은 우주는 평소답지 않게 실망이 커 보였다. 그런 아이의 모습이 안쓰럽고 당황스러워 미지가 황급히 수습에 나섰다.

"강우주… 그게 되게 맛있었구나? 엄마가 다음에 사줄게. 그거 어디서 살 수 있어요, 아름 씨?"

다율 엄마가 기억을 더듬는 와중에 다른 이들이 끼어들었다.

"중앙지구 사이언스센터 한국관에서 나눠주는 기념품이에요."

"거기 갈 땐 확실히 애들 아빠랑 가는 게 좋더라. 몸으로 놀아줘야 하는 곳들이 워낙 많아야지."

어느새 친구와 어울린 우주의 웃음소리가 멀리서 아득했다. 혜리가 불쑥 말을 얹었다.

"우리도 다음 주말쯤 또 가볼까 하던 중이야. 우주 데려가줄까? 그나저나 한국에선 우주한테 아빠 필요한 일이 더 많을 텐데 큰일이네."

다른 엄마들이 슬슬 혜리에게 눈치를 주고 있었다. 미지 역시 느낄 수 있었다.

"아유, 능력 있는 우주 엄마가 어련히 알아서 할까. 큰일은 무슨 큰일…."

화성은 모든 면에서 효율과 기능성을 중시했기에, 육아나 살림을 도와주는 휴머노이드, 인공지능을 장착한 기기들이 일찌감치 상용화되었다. 한 부모 가정이 드물지 않았고 주 양육자의 머릿수도 크게 중요하지 않았다. 그런데도 한국에서 온 이들은 비혼모를 향한 호기심을 감추지 못했다. 재밌게도, 여성의 육아 노동 비율이 남성에 비해 압도적으로 높은 한국인의 육아 현장 덕분에 미지와 우주는 그들 사이로 평범하게 녹아들 수 있었다. 미지가 이를 감지하고 이야기했을 때, 혜리는 한국 남자들의 불량한 육아 참여도는 역사가 유구하다며 성토했다.

"나 선 안 넘었단 말이야아!"

아이들 무리에서 갑자기 큰 소리가 들려왔다.

"아니거든! 네가 방금 선 밟는 거 내가 봤거든!"

"지금 다율이가 여기 밟으면 안 되는데 살짝 밟고 지나갔어."

땅따먹기에 열중하던 아이들의 흔한 말싸움이었다. 몇몇 엄마들이 기다렸다는 듯 아이의 늦은 낮잠을 핑계로 아이의 손을 잡아끌었다. 자연스럽게 이른 파장 분위기로 이어졌다.

평소처럼 모든 소란에서 한 발짝 떨어져 있던 우주는 때 이른 놀이의 끝을 순순히 받아들일 수 없는 눈치였다. 놀이터 입구에서 실랑이를 벌이는 미지와 우주를 혜리가 불러 세웠다.

"커피 한잔 마시면서 애들 마저 놀게 할까?"

평소의 미지라면 거절했을 것이다. 그런데 오늘은 달랐다. 혜리에게 듣고 싶은 말이 있었다. 대체 무엇이 문제인지 알고 싶었다.

혜리의 집에 도착하자마자 아이들은 놀이방으로 몰려갔다. 커피를 내린 혜리는 미지에게만 커피를 따라주고 자신의 잔에는 오렌지 주스를 채웠다. 혜리가 커피 애호가임을 익히 알고 있는 미지가 이를 의아하게 바라봤다.

"나 임신 6주래."

혜리는 둘째만 어린이집 보내면 이젠 진짜 육아에서 해방이라
고 웃곤 했다. 미지는 의아했지만, 그럴 만했겠지, 정도에서 생
각을 멈추었다. 미지는 남들이 자신에게 해주기를 바라는 대로
타인을 대하려고 노력해왔다. 상대가 말하지 않는 것을 절대로
먼저 묻지 않았다. 다만 뭔가 억울하고 야속하다는 느낌은 어쩔
수 없었다.

그래도 혜리에게 바로 건넨 축하 인사는 진심이었다. 어떤 상
황에서라도 반사적으로, 해맑게 축하해야 하는 소식이 있다. 돌
이킬 수 없는 일, 깊은 고민 끝에 돌이키지 않기로 결정한 일, 그
누구도 결정의 책임을 당사자에게서 덜어줄 수 없는 일. 새 생명
이 오고 있다는 소식은 그중에서도 으뜸이라고 미지는 믿었다.
그것은 미지가 임신과 출산을 겪으면서 새긴 자신과의 약속이
기도 했다. 혜리가 주스 잔에 맺힌 물기를 천천히 거둬내며 말을
이었다.

"나 이제 현지까지 놀이방에 보내면 본격적으로 구직 시작하
려고 했었잖아. 더 이상 도망칠 데가 없다는 생각에 조급하던 참
이었거든. 근데 임신 사실 확인하고 제일 처음 든 생각이 뭔지
알아? 앞으로 3년 벌었군."

코웃음을 치며 혜리가 연신 물기를 닦아냈다. 아무리 닦아내

어도 역부족이었다. 큰 잔에 가득 담긴 차가운 주스가 주변 공기를 자꾸만 잡아끌었다.

"너한테 처음으로 말한 거야, 이거."

미지는 뉴스의 첫 번째 수신자가 되는 것이 왠지 부담스러웠다. 분명 다른 할 말이 있을 텐데, 입에서는 엉뚱한 말이 튀어나왔다.

"입덧은 아직이야?"

미지를 빤히 바라보며 혜리가 천천히 대답했다.

"아직. 이번에도 현지 때 같으면 애들 아빠가 몸살 몇 번 나야지. 나야 꼼짝도 못 할 테니."

"그래, 지훈 씨가 워낙 상냥하지."

"애들이 나중에 서로 외롭진 않겠다, 그렇게 생각하기로 했어."

"그러게…"

몇 마디 말을 의무처럼 주고받은 뒤, 미지는 우주를 겨우겨우 달래며 귀가했다. 현관문을 여는데 우주가 말했다. 엄마와 둘뿐인 집으로 가고 싶지 않다고. 어쩐지 우주를 따라 미지도 울고 싶었지만 그럴 수 없었다. 우여곡절 끝에 우주는 늦은 낮잠에 들었다. 밤잠 전선은 어찌 되는 걸까 두려웠지만 당장의 고요함과 쌓여 있는 집안일을 외면할 수 없었다. 때마침 살림 제어 시스템이 말썽이어서 며칠째 자잘한 집안일까지 미지의 손을 타고 있었다.

미지는 세탁실에 들어가 뒤엉킨 빨래들을 세탁기에서 풀어 꺼냈다. 건물 뒤편을 바라보고 있는 세탁실 창문으로 주거 단지 후문이 시야에 들어왔다. 둘째를 태운 유아차를 느릿느릿 밀고 나가는 혜리의 뒷모습이 보였다. 몇 발자국 앞서 걷는 첫째가 엄마의 관심을 끌려는 듯 연신 뒤를 돌아봤다.

얼마 전 운동을 마친 뒤의 느지막한 출근길, 미지는 마트로 향하던 혜리와 마주친 적이 있었다. 맞벌이가 아닌 화성 거주자들은 돈을 아끼기 위해, 혹은 달리 명분을 찾을 수 없다며 육아·가사 로봇을 들이지 않았다. 혜리 역시 첫째가 놀이방에 있는 낮 동안은 둘째 현지를 보면서 집안일을 처리했다. 그날은 하필 첫째가 기침을 하는 바람에 어린이집에 보낼 수 없었다고 했던가. 미지의 어깨 너머 먼 곳을 응시하던 혜리의 피로한 눈빛이 낯설었다.

유아차를 앞서 뛰어가던 첫째가 미지 바로 앞에서 대차게 넘어지지만 않았어도 미지는 혜리를 못 본 척하며 발길을 돌렸을 것이다. 그게 상대를 배려하는 것이라고 여기면서. 둘은 기계적인 눈인사를 나누었다. 미지는 혜리가 염색할 때를 놓쳤다는 생각을 했다.

혜리의 걸음걸이는 그때처럼 머뭇거리는 듯 고단했다. 이렇게 멀리서도 잘 보였다.

"엄마! 우리 깻잎 꽃에 물 줘야지!"

어느 틈에 잠에서 깬 우주가 세탁실 문을 벌컥 열고 들어왔다. 우주는 씨앗을 심을 때부터 들깨 화분을 깻잎 꽃이라고 불렀다. 미지는 들깨 꽃이 어떻게 생겼는지도 몰랐지만, 우리는 이걸 꽃을 보려고 키우는 게 아니라는 말을 굳이 하지 않았다.

그때 이후 들깨 화분이 처음으로 36시간 이상 방치되어 있었다. 그사이 지구 연수가 결정됐고, 혜리에게서 이해할 수 없는 메시지가 날아들었다. 화분이 우선순위에서 밀린 것도 당연했다. 그새 파리해진 이파리가 불길했다. 이제라도 물을 준다면 원상복귀가 될까. 자신 없는데.

"강우주, 앤 아무래도 꽃 못 피울 것 같다."

"왜?"

"밥 주는 걸 우리가 몇 번 까먹었잖아. 제대로 못 먹어서 많이 아픈가 봐."

"지금이라도 미안하다고 말하고 많이 주면 어때?"

"글쎄."

"미안해, 깻잎 꽃아. 기운 내."

잎사귀와 눈높이를 맞추느라 쪼그려 앉은 우주가 두 손으로 잎들을 다독였다. 미지 역시 아침저녁으로 새로운 잎사귀를 하나하나 어루만지며 인사를 건넸었다. 씨앗 안에서 움튼 생명의 연한 빛깔을 한없이 바라보고 있노라면, 우주의 손가락을 하나하나 펴보던 순간이 떠올랐다. 나무만큼 커졌던 그 애착이 스스로도 이해할 수 없는 심드렁함으로 변했다는 게 신기했다. 미지는 창백해진 화분을 세탁실로 옮기고 물을 줬다. 살아 있는데 죽일 순 없었으니까. 일부러 물을 주지 않는 것이 오히려 적극적인 의사 표현처럼 느껴졌다. 어느 날 아침 죽은 화분을 발견하고는 내가 하는 일이 그렇지, 투덜거리며 못 이기는 척 쓰레기장에 내놓는 정도가 좋았다. 어찌 됐든 내일 아침엔 분명 물 주는 걸 잊을 거라고, 미지는 생각했다.

다소 신경질적으로 애착 인형의 귀를 쓰다듬던 우주의 숨소리가 고르게 바뀌었다. 미지는 우주에게서 몸을 떼어내기 전 아이의 얼굴을 쓰다듬었다. 어루만지는 동안에는 어떤 나쁜 일도 일어날 것 같지 않은 풍경. 미지에겐 아이의 이마와 볼이 만들어내는 올록볼록한 굴곡이 화성의 깊고 긴 협곡만큼 묵직하고 경이로웠다. 미지와 우주, 둘이 함께라면 세상의 모든 질문에 답할 수 있을 것 같았다. 우주를 낳고 "엄만 엄마 애기만 책임질 테니, 너는 네 애기 책임져"라던 엄마 말대로 둘이서 각자의 아기만

돌봤던 2주. 온 세상이 고즈넉하던 그 무렵 생긴 버릇이었다. 미래가 불안하고 사람이 무서울 때의 가장 확실한 응급 처치, 우주의 숨소리를 들으며 잠든 얼굴을 쓸어주는 것,

띠링. 문자메시지 도착 알림이 울렸다. 황급히 방을 나서는데 어쩐지 메시지를 확인하고 싶지 않았다. 끝까지 확인하지 않는게 나았을지도 모른다.

- 둘째도 사랑스러웠는데 셋째는 또 얼마나 예쁠까, 그렇게 생각하기로 했어. 지구에 간 김에 너도 우주 동생 만들어주는 건 어때?

전 지구적으로 결혼은 물론 연애까지 기피하는 여성들이 늘어나자 몇몇 국가들이 정자은행을 대규모로 양성화했다. 법적으로 확실한 보호를 받게 된 비혼모들은 저출생의 파국을 급진적으로 극복했다. 그 선례에 할 말을 잃은 대한민국 등 몇몇 보수적인 국가들은, 비혼 여성의 해외 인공 수정 시술을 용인하는 정도로 타협 중이었다.

우주가 동생에게 반짝 관심을 보이고, 미지 역시 형제 또는 자매에게 부쩍 눈이 가던 1년 전이었다면 모를까. 얘도 어지간히 속이 복잡한 게지, 핸드폰을 내려놓는데, 띠링.

- 하긴… 서로 아빠 다른 애들 키우려면 네 맘도 복잡하겠지. 돌아와서 동네 한국 사람들 보기도 쉽진 않을 테고

띠링. 뭔가가 무너지려 하고 있었다.

- 너 그러는 거 아니야.

띠링. 읽지 말았어야 했다.

- 모녀 삼대 안쓰럽다고 챙겨주면서 자기 앞가림은 못 하는 내가 네 눈에는 얼마나 우스웠을까?

띠링.

- 근데, 난 사실… 애가 하나뿐인 네가 너무 부러워.

어린이집에서 아이를 데려오거나 낮 시간 놀이가 마무리되는 늦은 오후부터, 미지와 육아 로봇은 쉴 새 없이 움직여야 했다. 육아 로봇은 아이의 취침시간까지, 씻기고 먹이고 우주의 학습을 고려한 놀이를 함께 하고, 또다시 먹이고 씻기고 옷을 갈아입

히고 우주를 침대로 이끌었다. 그동안 미지는 저녁을 만들어 먹고 취침 준비를 마쳤다. 아무리 육아 로봇이 빈틈을 채워준다 해도 모친과 육아를 함께 할 때와는 다른 차원의 피로가 늘 흘러넘쳤다. 아이가 좀 자라자 몸이 편해진 만큼, 아니 그보다 더한 기세로 정신적인 노동 강도가 높아졌다.

어떤 날은 교착상태에 빠진 지 오래인 전선을 지키는 지휘관이 된 것 같았다. 그날의 전투가 끝나면 하루 치 감정의 찌꺼기들이 참호를 훑는다. 혜리처럼 아이가 둘이라면 낮 동안의 전투는 훨씬 치열했으리라. 서로 안부를 나누고 모범 답안에 근접한 인사를 주고받았다고 해서, 그 모든 것이 갑자기 정리될 리 없다. 모든 걸 다 알고 있음에도, 미지는 막다른 골목에 다다른 듯 막막했다. 동갑내기 친구가 자기도 모른 채 많이 아팠던 게지, 납득하려 했다. 아무리 생각해도 그저 지켜보는 것 말고 할 수 있는 게 없었다.

이주 및 연수와 관련한 업무를 처리하려면 월요일 전에 우주의 입소 대기 등록을 마치는 게 좋을 것 같았다. 미지는 이틀 연속 주말 출근을 결정했다. 떠올리고 싶지 않은 기억이 반복 재생되는 것보다는 불가해한 시스템과 씨름하는 편이 나았다.

물론 제아무리 슈퍼컴퓨터라도 한국의 기묘한 인터넷 환경을 단번에 극복할 수 없었다. 특수가정, 그중에서도 한 부모 가정을 위한 양식에 모든 정보를 기입했지만 시스템은 다음 페이지로 넘어가기를 고집스럽게 거부했다. 단순히 거부하는 것뿐 아니라 매번 모든 정보를 새로 일일이 기입해야 하는 초기 상태로 돌아갔다. 어제보다 통신 소요 시간이 줄어들어 클릭 한 번에 9분 52초가 걸렸다. 9분 52초가 몇 번씩 지나갔고 탕비실에서 준비해온 커피는 식은 지 오래였다. 오늘은 풀 마라톤도 모자라 울트라 마라톤인가. 에러의 종류는 물론이고 이것이 시스템 에러인지 통신 장애인지도 알 수 없었다. 같은 정보를 열두 번째로 다시 입력하던 중 미지는 혼잣말로 호통치는 자신을 발견했다.

"하! 미친 거 아냐?"

미지가 벌떡 일어서는 바람에 바퀴 달린 의자가 저만치 굴러가다 사무실에 들어서던 홍보부장 앞에서 멈췄다.

"그러게, 미치지 않고서야 휴일에 출근하겠니? 호젓한 주말근무 방해해서 미안하다."

의자를 미지 자리로 밀어주며 부장이 말했다.

"아, 죄송해요."

"그러는 넌 왜 여기 이러고 있는데?"

"한국 공공시스템에 뭔가를 등록하려고 나와 있던 참인데, 계속 에러가 나네요."

"오, 그래, 한국에 연수 해당자로 선발됐지? 축하해! 지원 엄청 빵빵하던데. 게다가 자긴 화성 토박이잖아? 모험 앞두고 딸이랑 둘이 무척 설레겠네."

미지 팀과 엮이는 일이 많은 홍보부장은 화성에서 취업 이주한 한국인이었다. 화성 1세대의 성평등 지수는 인류 역사상 유례를 찾아볼 수 없을 정도로 높았다. 부부가 공히 각자의 분야에서 대등한 일인자여야만 이주선에 탑승할 수 있기 때문이었다. 하나 그것도 잠깐, 한 세대를 넘기면서 새로운 사회 역시 빠른 속도로 관성을 되찾았다. 새로운 일자리들이 대놓고 기혼 남성에게 몰렸다. 드물게 빼어난 실력을 갖춘 전문직 비혼 여성에게 기회가 주어지기도 했는데 홍보부장이 그런 케이스였다. 결혼과 출산과 육아 중 어느 경험도 공유하지 않았지만 두 사람 사이에는 묘한 유대감이 있었다.

홍보부장이 밖에서 공수한 커피를 건넸다.

"아직 입 안 댄 거야. 가만 보니 탕비실 탕약 커피 말고 이게 필요하겠네. 내가 한국 떠날 때 뭐가 제일 행복했는지 알아? 더 이상 한국의 공인인증서니 뭐니, 금융 시스템 상대하지 않아도 된다는 점. 한국 인터넷으로 본인 인증하거나 보안이 필요한 업무를 보려고 하는데 막히잖아? 한 가지 충고하자면."

의미심장한 휴지를 두며 홍보부장이 말을 이었다.

"포기해."

더없이 진지했다.

"중요하니까 두 번 말할게. 포기해. 합리적이고 합법적인 방법으로 해결할 수 없어. 서비스 제공자가 아니라 소비자가 모든 불편과 책임을 감수해야 하는 건 한국 인터넷의 굳건한 전통이야. 그냥 도착해서 직접 부딪혀. 그럼 또 다 돼."

미지의 절망은 태양계를 훌쩍 뛰어넘을 기세인데 홍보부장은 코를 찡긋하며 여유만만이었다.

"근데, 이웃에 한국 이주 가구 많지 않아? 이런 얘기 해준 사람이 없어?"

"제가 왕따인가 보죠."

홍보부장은 미지의 책상 위에 놓인 커피를 가져가 한 모금 들이켠 뒤 얼굴을 찌푸리며 대답했다.

"왜, 동네 한국인들, 딸 친구 엄마들 눈치 보여? 섭섭해하지 마. 그 사람들도 힘들고 무서워서 그래."

"다들 여기 오기 전까지는 화려한 경력으로 잘나갔던 사람들이에요. 세상 무서운 게 있을까. 막말로 화성까지 오는 결정을 남자가 일방적으로 내릴 순 없잖아요. 그렇게 올 땐 자기들도 각오를 했을 텐데…"

"울면서 웃어본 적 없는 사람처럼 그런다. 짐승을 인간으로 길러내는 재미야 자기도 잘 알겠지만, 그렇다고 저녁 밥상 자리에서 남편은 사내 정치 이야기하는데 오늘 냉장고 정리 다 끝내서 속이 다 시원했다, 이런 얘기를 웃는 얼굴로 할 수 있을까? 자기네 부모님이야 마침 좋은 시기에 건너오셨겠지만, 지구에선 몇백 년 동안 여자들이 내내 뿌리 뽑힌 채 이리저리 옮겨 다니며 살았어. 남자들이 선발대로 깃발 꽂으면 여자들이 살림해대며 애들 주렁주렁 매달고 뒤따랐겠지. 교수였던 우리 아버진 이 학교 저 학교 옮겨 다니며 연봉과 랭크 올리는데 천부적인 재능이 있었는데, 지나고 보니 우리 엄만 평생 불행했어. 아무것도 버리지 않고도, 아니 더 많은 것을 기약하기 위해 지구에 훌쩍 다녀올 수 있는 자기는 진짜 행운아야."

홍보부장이 건넨 커피를 한 모금 마신 미지가 말했다.

"고마워요. 커피, 맛있네요."

"화성아! 잘 있어, 금방 올게에!"

우주가 여린 깻잎 같은 손을 팔락이며 멀어지는 화성을 향해 외쳤다. 묵직한 얼음을 뒤집어쓴 극지와 가벼운 적토에 뒤덮인 분화구를 모래 바람이 훑으며 지나고 있을 터였다. 지구의 3분의 1에 불과한 화성의 부드러운 중력이 문득 그리워졌다.

"우리 지금 할머니의 지구로 가고 있는 거지?"

할머니를 벌써 잊은 줄 알았던 우주가 갑자기 할머니를 입에 담자 미지는 목이 메었다.

"응. 할머니의 지구."

그랬다. 방향도, 기준도, 경계도 없는 우주에서 미지와 딸의 행로를 설명할 방법은 그것밖에 없었다. 둘의 화성을 떠나 엄마의 지구로 간다. 미지는 문득 엄마가 보고 싶어졌다. 엄마가 했던 말이 떠올랐다.

"푸른 점으로 지구가 멀어지는 순간 다들 할 말을 잃었어. 옆 사람이 침 삼키는 소리까지 들리는 것 같았지. 지난 삶이 전부 거짓말처럼 느껴지더라. 가끔 생각해. 혹시 그 이주선이 통째로 폭발했고 우린 모두 함께 저승에 온 건 아닐까."

엄마가 그렇게 말할 때마다 미지는 와락 무서웠다. 엄마 눈에 스치던 장난기가 아니었다면 파고든 품 안에서 울음을 터뜨렸을지도 모른다. 미지에게는 낯설고 또 낯익은 인류의 고향으로 향하는 것이 어쩐지 두려웠다. 지구를 떠난 이들이 느꼈던 것이 광장 공포라면, 미지의 그것은 폐소 공포에 가까웠다. 물론 우주는 달랐다. 무중력 상태를 비롯한 행성 간 왕복선 내부의 모든 것, 지구에서 겪게 될 모험에 온 마음이 들떠 있었다. 미지가 그런 우주를 당겨 안으며 품 안에서 팔딱거리는 작은 심장 하나에 집중했다. 근거 없는 기대와 실체 없는 불안에 지지 않기 위해.

화성을 떠나기 전 마지막 2주 동안 미지는 미열과 입덧이 계속되는 것처럼 매일같이 나른했다. 혜리에게선 그날 이후로도 몇 차례 낯선 문자메시지가 길게 이어졌다. 미지는 혜리의 직성이 풀릴 때까지 내버려두기로 했고, 급기야는 혜리의 문자를 차단했다. 놀이터나 동네 마트에서 혜리가 보이면 발길을 돌렸고, 방향을 틀기 너무 늦었을 땐 고개를 돌렸다. 우주의 어린이집 문제 역시 지구 도착 전에 해결할 방법이 없다는 결론을 내렸다. 이사 같은 현실적인 문제에 매달리는 동안 억울함과 당혹감이 침전물처럼 내려앉았다.

왕복선 출발일 전날 밤. 미지는 더 이상 혜리와의 작별 인사를 미룰 수 없다는 생각을 했다. 숨을 크게 한 번 들이쉬고 혜리 번호의 차단을 풀었다. 미지는 고요한 혜리와의 대화창과 들깨 화분을 번갈아 바라보았다. 이상하게도 이틀에 한 번씩은 화분 생각이 났고, 그때마다 마시던 물을 따라주었던 덕분인지 들깨는 여전히 자라고 있었다.

끝내 푸른 기운을 유지한 들깨 또한 지구 식물의 일원이었다. 누가 식물에게 이동 능력이 없다 했는지 모르겠지만, 식물은 인류가 등장하기 이전부터 이미 스스로 여행하는 법을 알고 있었다. 우주여행 초창기부터, 식물은 배아 상태로, 혹은 뿌리째로, 가깝고도 먼 우주를 누비지 않았던가. 언제나 주어진 땅을 움켜쥐는 생명을 버릴 순 없었다. 미지는 30분 뒤, 들깨 화분을 안고 혜리의 집 초인종을 눌렀다.

미지는 다음 날이면 평균 2억 2,500만 킬로미터 떨어진 곳으로 향할 것이다. 미지는 입덧 때문에 핼쑥해진 혜리에게 들깨 화분을 전했다. 평균 2억 2,500만 킬로미터 떨어진 곳에서 뿌리 거둬 날아온 혜리가, 역시 평균 2억 2,500만 킬로미터를 비행한 뒤 뿌리 내린 들깨를 받아 들었다. 미지는 혜리에게 그간 어떤 메시지를 보냈는지 묻지 않았고, 혜리는 미지에게 자신이 어떤 지옥에 있었는지 말하지 않았다. 더 이상은 지옥이 아니란 것은 말하지 않아도 알 수 있었다. 두 사람은 일단 거기에 만족하기로 했다.

그날 밤, 레드플래닛 강미지 팀장은 경력 20년의 기획자 이혜리 씨에게 3년 뒤 결성될 프로덕션 팀의 청사진을 제시했다. 폐허 위에 다시 만들어갈 날들의 씨앗을 심었다.

화성에서 지구로 향하는 왕복선 안의 3,000명에 가까운 승객 대부분은 역이주자였다. 그중 70퍼센트는 지구에 스카우트된 남성 가장이 배우자 및 자식을 이끄는 가족이었다. 20퍼센트는 먼저 자리 잡고 기다리는 남편과 합류하기 위해 떠나는 여성과 그 자녀들이었으며, 나머지 10퍼센트만이 동반자가 없었는데 남성이 과반수를 훌쩍 넘어 보였다.

6개월간의 여정도 막바지에 이르렀다. 성인과 청소년은 체력단련실에서 정해진 프로그램에 따라 매일같이 지구 적응 훈련을 진행했다. 선내 보육 시설에는 어린이와 영유아를 위한 놀이 겸 중력 적응 프로그램이 마련돼 있었다. 승객들은 엄격한 적응 훈련, 운신의 폭이 좁은 공동체 생활, 그리고 생체 시계를 교란하는 밤낮 없는 시간에 지쳐갔다. 시시각각 변화무쌍한 아이들과 함께하는, 때를 가리지 않는 육아로 단련된 주 양육자 그룹만이 대체로 컨디션을 유지했다.

미지는 우주를 선내 보육 시설에 맡기고 통신실에 들어섰다. 비행 기간 내내, 통합 시스템을 통하지 않아도 되는 한국의 어린이집에 지속적으로 개별 연락하여 빈자리가 있는지 확인 중이었다. SBN에서 지시한 업무도 처리해야 했기에 미지는 그간 반나절 정도 통신실을 사무실처럼 활용했다.

"성과가 좀 있었어요?"

누군가 큰 목소리로 말을 걸며 옆자리에 앉았다. 수진이었다. 수진은 우주보다 네 살 많은 딸, 두 살 많은 아들과 함께 선발대로 지구에 도착한 남편을 따라가고 있었다. 한국에서 같은 아파트에 살게 될 예정이라는 엄청난 우연 덕분에 미지와 수진은 부쩍 친해졌다. 걸어서 통학할 수 있는 거리의 어린이집에 빈자리가 생겼다는 소식을 알려준 것도 수진이었다.

"일단은 대기 아동 명단에 올렸어요. 도착할 때까지 자리도 나야 되고, 온갖 서류 작업이 남았지만 꽤나 낙관적인 상황인가 봐요. 덕분에 살았어요, 감사합니다."

"잘됐네요! 거기 애들 수가 별로 많지 않은지 우리 애들도 가까운 학교에 등록시키는 게 꽤 수월했어요. 도착하자마자 애 맡길 데 없어서 출근 못 하기야 하겠어요, 설마. 한두 주 비면 우리집에 맡기면 되지."

"미안해서 어떻게 그래요."

"진짜야, 편하게 생각해요. 동네 육아 공동체가 얼마나 중요한데."

수진의 말은 미지의 마음에 묵직한 닻을 내려주었다. 우주가 태어나기 전까지 미지는 운이 좋다고 생각한 적이 없었다. 그런데 육아라는 새로운 영역에 발을 들이자마자 모든 것이 달라졌다. 가는 곳마다 인연이 나타났다. 화성에 최적화된 분유 제조술을 알려주며 깔끔하고 신속하게 모유 수유 포기를 종용한 담당 간호사가 시작이었다. 헤리도, 홍보부장도 귀인이었다. 평생 공기처럼 당연하게 여겼던 사람, 이를테면 엄마 역시 아이를 키우는 입장이 되어보니 비할 수 없이 귀해졌다. 우주 같은 딸을 만난 것 역시 마법 같았다.

갑자기 미지의 스마트워치가 반짝거렸다. 중력 훈련 놀이터에서 보낸 알람이었다. 육아 로봇이 상시 근무 중이었기에 안전 문제를 걱정할 필요는 없었지만 아이와 관련한 알람 앞에서 미지는 매번 허둥거렸다.

놀이터 문을 열자마자 맞은편의 아이를 향해 블록 조각을 들어 올린 우주가 보였다. 얼굴이 눈물과 콧물 범벅이었다.

"강우주!"

엄마의 목소리를 듣고 놀란 우주가 그대로 블록을 던지다시피 떨어트렸다. 다행히 블록은 빗나갔다. 막바지 중력 적응을 위해 블록의 무게는 증량되어 있었으니 자칫 큰일 날 뻔했다. 놀란 상대편 아이가 울음보를 터뜨렸다. 몸싸움으로 번질 찰나, 옆에 있던 아이 엄마가 황급히 둘을 떼어났다. 미지 역시 달려가 우주를 안아 들었다. 상대편 모자에게 안부를 물을 겨를도 없었다.

"강우주. 엄마 봐."

놀이터의 모든 관심이 둘에게 쏠렸다. 함께 놀이 훈련 중이던 몇몇 엄마들이 자신의 아이를 품에 안으며 챙겼다. 미지의 품으로 파고드는 우주는 이미 어떤 말도 들리지 않을 듯한 상태였다.

"일단 뚝. 안 그러면 무슨 말인지 알아들을 수가 없어."

미지는 우는 아이를 안고 억지로라도 밖에 나가고 싶었다. 그

러나 한층 요란하게 성질을 부릴 뿐이란 걸 잘 알았다. 아이와
눈을 맞추는 게 우선이었다. 아이가 무언가 말을 하기 위해 울
음을 억누르고 있었다. 미지는 드디어 다음 단계, 사건이 벌어진
자리를 피해 두 사람만의 공간 찾기에 돌입했다.

　놀이터의 인간은 모두 여성 주 양육자였다. 양 팔다리를 모두
써서 완강하게 들러붙는 아이를 매달고 복도로 나서는 미지를
바라보는 인간은 아무도 없었다. 모두 아이들의 관심을 다른 곳
으로 돌리며 놀이에 열중했다. 미지 모녀에게 사적 공간을 내주
기 위한 필사적인 노력이었다. 같은 상황에 몇십, 몇백 번은 처
해봤던 이들만이 할 수 있는 배려. 달음질치던 미지의 마음이 빠
른 속도로 평정심을 되찾았다.

　미지는 우주와 함께 복도에 설치된 놀이터 CCTV를 통해 직
전 상황을 확인했다. 별일 없이 블록 놀이에 열중한 두 아이가
함께 집을 짓고 있었다. 완전히 울음을 그치지 못한 채 어깨를
들썩이며 우주가 덧붙였다.

　"우주가 엄마랑 우주 집을 만들었는데에, 자꾸만 쟤가 거기에
아빠가 있어야 한다는 거야. 필요 없다는데 자꾸만 아빠를 집 안
에 놓으려고 하는 거야아…"

　일그러진 입을 앙다물기 위해 아이가 안간힘을 쓰고 있었다.
미지는 우주의 얼굴을 품에 안고 연신 등을 쓸어내렸다. 천천히,

그러나 확실하게 들썩임과 흥분이 가라앉고 있었다.

"속상했구나, 우리 우주가. 아빠가 꼭 필요한 게 아니라는 걸 그 친구가 알았으면 좋았을 텐데, 그치? 다음에 또 그러면 우주가 직접 말해줘. 그래도 돼."

우주가 미지와 눈을 맞추더니 고개를 저었다.

"이제 우주, 걔 친구 아니야."

미지는 아이의 뺨에 남아 있는 눈물을 닦았다.

"그래, 이제 걔랑 친구 안 해도 돼. 근데 아무리 속상해도 물건 집어 던지면 안 돼. 미안하단 말은 해야 해."

우주가 골똘히 생각에 잠길 때마다 미지는 그 눈에서 또 다른 우주를 봤다. 가늠할 수 없는 먼 우주에서 끌어 올린 대답을 우주가 전했다.

"네."

미지는 아이의 축축한 볼에 자신의 뺨을 댄 채 복도 창문 쪽으로 다가갔다. 이제는 육안으로도 지구가 보일 만큼 가까워졌다. 우주도 단번에 지구를 발견할 수 있을 정도였다.

"할머니의 지구!"

"이제 우주랑 엄마의 지구이기도 하지."

"우주의 지구?"

창에서 이마를 떼지 못한 채 지구를 더듬는 우주의 귀에 미지가 속삭였다.

"그거 알아? 엄마가 깻잎 꽃 씨앗 가져왔어. 한국에 도착하면 제일 먼저 심을 거야."

스위치가 켜진 듯, 아이의 눈동자가 순식간에 환해졌다. 미지의 우주 한구석도 딱 그만큼 밝아진 기분이었다.

한밤중에 깨어나 생후 이틀 된 우주를 품에 안고 수유할 때, 미지는 책임만 요구할 뿐 어떤 보상도 주지 못할 것 같은 연약한 이 존재가 참 많이도 낯설어졌다. 그때는 느닷없이 세상의 끝으로 밀려난 듯 먹먹했다.

그로부터 4년이 지났다. 하늘도 땅도 없고 사방을 따질 수 없는 길 위에서 다시 한번 둘뿐이었다. 이제는 막막함이 아닌 고즈넉한 긴장감이 함께였다. 몰라도 충분한 기쁨이었는데, 알게 된 이후에는 세상에 더없이 귀한 용기가 되었다.

미지의 일상에 뿌리내린 우주가 이만큼 자라, 흩뿌린 홀씨들이 새로운 땅으로 향하고 있었다. 눈부신 발아였다.

행성사파리

"성장이 끝났습니다."

재료를 소진하여 오늘의 영업을 끝낸다고 통보하는 음식점 사장 같은 표정으로 의사가 말했다. 꼼짝도 않은 채 의사를 주시하던 아이가 입술을 깨물었다. 아이가 울면 어쩌나 의사는 걱정이 되기 시작했다. 차트를 다시 확인하는 척하면서 생각했다. 만 열세 살이면 성장판이 닫히기에 조금 빠르긴 하지. 보호자가 먼저 나서서 성장판 관리를 해주는 게 일반적인데 나름 자연주의자이신 모양이군. 그때 아이의 입꼬리가 꿈틀거렸다.

"정말인가요?"

"어…?"

"제가 이제 다 컸다는 말인가요?"

"그런 셈이지…"

아이가 밝은 표정으로 거듭 확인했다. 이런 반응은 처음이었다. 어리둥절해진 의사는 자신이 환자에게 반말을 하고 있다는 사실도 인지하지 못했다.

"선생님 정말 제 은인이세요! 그 얘기, 소견서로 써주실 수 있죠?"

전개는 점점 예상치 못한 방향으로 흐르고 있었다. 의사의 소리 없는 질문을 듣기라도 한 듯 아이가 대답했다.

"진짜 진짜 먼 우주여행을 하고 싶었거든요. 감사합니다!"

열세 번째 생일을 한 달 앞둔 어느 늦은 오후, 미아는 자신이 더 이상 자라지 않으리라는 것을 알았다. 여덟 번째 생일 무렵 이후 5년을 기다렸던 소식이었다. 벅차고 뿌듯해서 안 그래도 성가시게 콕콕 쑤셔 오는 가슴이 터져버릴 것만 같았다.

집으로 돌아가는 길에 미아는 쌍둥이지구로 향하는 먼 우주여행 티켓 가격을 검색했다.

초광속추진항법, 초공간도약항법, 웜홀비행 등 먼 우주를 여행하기 위한 기술이 앞다퉈 상용화된 것이 지난 세기의 일이었다. 인류가 드넓은 우주를 헤집고 다닐 때의 가장 큰 장애물이었던 시간과의 싸움에서 판정승을 거둔 셈이었다. 판정승이라고 표현한 까닭은 그 모든 먼 우주 항해술에 존재하는 부작용 때문이었다. 우주 공간 도약의 순간 여행객의 성장판이 알 수 없는 이유로 확실히, 재고의 여지 없이 닫힌다는 것이 밝혀졌다. 성장기를 마치지 않으면 먼 우주여행을 할 수 없다는 제한이 생겼다. 모든 미성년자는 먼 우주여행 티켓을 구매하기 위해 성장판이 닫혔다는 의사 소견서를 제출해야 했다.

쌍둥이지구에 가기 위해 먼 우주여행은 필수였다. 여행객들은 쌍둥이지구에서 많은 것들을 발견했다. 자아와 꿈과 희망은 물론 파랑새와 사업 아이템까지. 그중에서도 가장 자주 발견하는 것은 바로 과거, 인류와 지구의 과거였다.

항성 HD164198의 제3행성인 쌍둥이지구가 속한 쌍둥이태양계는 회전하는 나선은하 안에서의 위치, 항성의 밝기와 질량, 50억 년이라는 추정 나이, 행성의 개수와 항성계의 크기 등 모든 객관적 조건이 마치 태양계의 도플갱어였다. 쌍둥이지구 역시 크기와 질량, 구성 물질, 위성의 개수, 자전과 공전 궤도, 자전축의 기울기부터 대기, 지질, 기후, 생물까지 모든 면에서 지구의 헤어진 쌍둥이 동생이라 할 만했다. 건조한 바위 행성인 내행성과 거대한 가스 행성으로 이뤄진 외행성 사이에서 독보적으로 푸른 행성의 지위 또한 마찬가지였다.

단, 쌍둥이지구가 지구에 비해 50만 년 정도 늦게 태어난 것으로 추정됐다. 혹은 쌍둥이지구의 지질과 생태계가 지구로 치면 홀로세 중기의 간빙기 정도와 유사하다고 판명됐다. 지구의 나이로 추정되는 45억 5,000만 년에도 플러스마이너스 5,000만 년의 오차가 존재하는 판국이니, 두 행성은 몇 초 간격으로 태어난 일란성쌍둥이라고 봐도 무방했다.

50만 년이라는 미묘한 차이 때문에 지구인들은 쌍둥이지구에

환호했다. 인류는 지구의 과거를 구경하는 마음으로 쌍둥이지구 여행길에 나섰다. 이보다 짜릿한 타임머신은 없었다. 영장류에서 유인원으로, 유인원에서 호모 속*으로 갈라져온 인류 진화의 대장정, 그 마지막 한 걸음이 쌍둥이지구에서는 현재 진행형이었다. 일란성쌍둥이도 성장과 함께 다른 형질을 드러내듯, 두 행성 사이에도 크고 작은 다른 지점이 존재했다. 넓고도 좁은 우주에서 내내 고독했던 지구인들은 그 차이에 또한 열광했다.

첫 발견 당시에는 학자들에게만 허락됐던 여행이 예정된 수순처럼 문호를 개방하기까지 그리 오랜 시간이 걸리지 않았다. 제한적이고 실험적인 초기의 파일럿 여행 상품을 거쳐 최근 몇십 년 사이 가장 인기를 끌고 있는 것은 짧으면 2박 3일에서 길게는 몇 주 동안 이어지는 행성사파리였다.

미아가 제일 처음 접한 쌍둥이지구 관련 굿즈는 신생아 때부터 곁에 놓여 있었던 애착 인형이었다. 털이 북슬북슬한 코끼리처럼 보이는 인형은 쌍둥이지구에 서식 중인 털매머드였다. 미아는 털매머드의 긴 털을 손가락 사이에 끼우지 않으면 잠들 수 없었다. 미아의 두 번째 생일, 미아의 부모는 딸이 기뻐하는 모습을 기대하며 동물원에 데려갔다. 그러나 미아는 우리 속 무기력한 코끼리와 자신의 털매머드 인형 사이에서 아무런 공통점을 발견하지 못했다. 한사코 손을 내저으며 가까이 다가가길 거부하던 아이가 결국 울음을 터뜨렸고 그 앞에서 부모는 머쓱해졌다.

대부분의 포유류가 완벽한 야생을 떠나 살게 된, 아니 완벽한 야생 자체가 사라진 지 오래인 지구. 모든 동물들을 책과 가상현실에서 배우던 미아는 지구과학 학습 VR 프로그램 시청 중 행성사파리 다큐멘터리 광고를 접했다. 웅장한 엄니를 거느린 털매머드가 순식간에 천장을 뚫고 거실을 채웠다. 미아는 털매머드 외에도, 지구에서는 동물원이나 가상현실에서만 만날 수 있는 대형 포유류가 쌍둥이지구를 온통 지배 중이라는 사실에 흥분했다.

그때부터 미아는 털코뿔소, 블래키, 스밀로돈 등 대형 포유류에 대한 모든 자료를 섭렵했다. 행성사파리를 여행하기 위해 용돈을 모으고, 숙제 대행과 소규모 게임머니 투자를 시작했다. 계좌의 돈이 점점 불어나면서 VR 털매머드의 엄니 역시 손에 잡힐 듯 가까워졌다. 성장판이 닫히는 것과 목표 금액을 달성하는 시기가 이처럼 맞아떨어질 줄은 몰랐다. 미아에게는 그 모든 것이 운명의 계시처럼 느껴졌다.

"엄마, 아빠. 저 지금 쌍둥이지구로 떠나요. 혹시 모바일 가정통신문에서 수학여행 일정 업데이트 안 해준다고 학교에 연락해보고는 걱정하실까 봐 미리 알려요. 걱정 마세요, 저 이제 다 컸대요! 사랑해요! ♡♡♡"

　연안우주선 발사 직전 미아가 엄마와 아빠 앞으로 메시지 보내기 버튼을 눌렀다. 하트 모양 이모티콘 역시 색깔과 개수를 고심하여 결정했다. 어떤 식으로 엄마 아빠에게 자신의 행성사파리 여행을 알려야 할지를 준비하는 내내 궁리했다. 구구절절 길게 적는 것보다는 간단명료하게 적은 뒤 돌아와 자초지종을 설명하는 편이 다 자란 어른다운 방식이라고 생각했다.

　이 무렵 달로 가는 수학여행이 예정돼 있지 않았다면 애초에 이 계획은 성립할 수도 없었다. 성장판 검사 결과를 확인한 직후 행성사파리 상품을 검색했고, 4박 5일 코스 정도는 수학여행 경비와 그간 모아둔 돈, 각종 포인트로 충당할 수 있다는 것을 알게 됐다. 털매머드는 물론이고 온갖 특이 지형을 꼼꼼히 돌아볼 수 있는 코스로 공들여 업체를 선정했다.

　두 달여간의 준비 끝에 미아는 연안우주선에 앉아 발사 카운트다운에 귀 기울였다. 가족 네트워크에 저장된 엄마 아빠의 공인인증생체정보를 도용하여 수학여행 불참 사유서를 제출할 때도 이렇게 떨리진 않았다. 쌍둥이지구의 조약돌 하나라도 전리품으로 가져오리라 마음을 다잡았다. 모든 것이 완벽했다.

　미아는 마지막으로 마음을 진정시키기 위해 가방에서 털매머드 인형을 꺼내 쓰다듬었다. 엄마가 여행 가방에 매머드 인형을 집어넣는 자신을 슬프게 바라보던 게 떠올랐다. 이 인형도 언니와 관계가 있을지 몰라, 엄마 아빠의 그 슬픈 표정은 언제나 미아가 만나지 못한 '언니'와 관계된 것임을 미아는 경험으로 알았다. 언제부터인가 미아는 엄마 아빠가 그런 표정을 짓는 이유를 더 이상 묻지 않았다. 알고 싶지 않았다. 아무것도 선택할 수 없다면 차라리 아무것도 궁금해하지 않는 것이 미아가 택할 수 있는 유일한 반항이었다.

연안우주선이 꼬박 3일을 날아 중간 기착지에 도착했다. 사파리 그룹과 도킹한 뒤 쌍둥이태양계로 향하는 초공간도약함선으로 갈아탈 차례였다. 먼저 행성사파리 여행사 '코뿔소 어드벤처' 깃발을 찾아야 했다. 각종 모바일 기기를 활용한 위치 추적 앱이 일상이 된 요즘 같은 세상에 깃발이라니, 평소라면 그것 참 깜찍한 발상이라며 짐짓 호들갑을 떨었을 것이다. 그러나 태양계 곳곳에서 모여든 여행객으로 붐비는 중간 기착지에서 깃발 찾기는 미아에게 절체절명의 미션이었다.

처음으로 혼자 떠나는 여행이 먼 우주여행이라는 어른의 자부심은 온데간데없었다. 엄마와 아빠가 혹시나 중간 기착지에 연락하여 강제 송환을 요구했을지도 모른다는 걱정도 더해졌다. 중간중간 눈에 띄는 감시 카메라와 안전 요원 모두 두려움의 대상이었다. 울음이 터져 나올 듯한 불안감이 몰려들었다. 다섯 살도 되지 않은 어릴 적에 놀이공원에서 엄마 아빠의 손을 놓친 적이 있었다. 매머드 모양 풍선이 보이길래 "엄마, 저 풍선 좀 봐!" 이야기하며 옆을 둘러보았는데 엄마도 아빠도 보이지 않았다. 온통 바쁘게 오가는 어른들의 다리들만 눈앞에 가득했다. 미아를 먼저 발견하고 달려온 엄마가 손을 잡기 전에는 자신이 그렇게 덜덜 떨고 있다는 사실도 몰랐다. 엄마의 얼굴이 눈앞에 가득해지던 순간을, 다리에 힘이 풀려서 주저앉는 자신을 무릎에 앉히고 안아주는 엄마의 냄새를, 미아는 아직도 기억하고 있었다.

미아의 눈앞에 갑자기 커다란 코뿔소가 나타났다. 단도직입적으로 커다랗게 코뿔소 하나만 그려진 깃발 밑에는 네 사람이 모여 있었다. 색깔은 다르지만 같은 디자인의 운동화와 소품으로 커플룩을 맞춘 젊은 남성 둘이 손을 맞잡고 있었다. 모든 면에서 단출한 행색의 노년 여성 한 명은 기착지 바깥 풍경을 감상 중이었다. 그리고 큰 키에 숏컷 덕분에 얼핏 남자인 줄 알았던 젊은 여성이 패드를 두들기며 작업에 열중하고 있었다. 일행 중 가이드가 있다면 바로 그 사람일 수밖에 없었다. 방금 전까지 가슴을 가득 채웠던 불안감을 떨쳐버리려는 듯 미아가 불쑥 얼굴을 들이밀며 큰 소리로 말을 걸었다.

"코뿔소 어드벤처죠?"

자신의 공간에 예고 없이 튀어 들어온 미아를 가이드가 놀란 듯 바라보다가 이내 만면에 웃음을 띠며 손을 내밀었다.

"안녕하세요? 저도 만나서 반가워요. 제 이름은 타니예요."

다짜고짜 용건부터 꺼낸 자신을 상대가 살짝 놀리는 중이고, 내민 손은 악수를 청하고 있다는 것까지 미아가 깨닫는 데까지 몇 초의 시간이 걸렸다. 다른 일행들이 얼굴이 붉어진 미아를 귀엽다는 듯 쳐다봤다. 이번에는 10대 후반의 여성 한 명이 헐레벌떡 뛰어왔다.

"와, 늦어서 죄송해요. 다들 안녕하세요? 링링이라고 해요."

링링이 숨을 몰아쉬며 뒤를 돌아보고 손짓하자 인파 속에서 한 중년 남성이 천천히 걸어왔다.

"아빠! 빨리 와!"

어이없을 정도로 여유 있는 아빠의 태도에 링링이 당황하며 목소리를 높였다.

"자, 그럼 일행은 모두 모인 것 같으니까 일단 이동할까요?"

타니가 일행을 몰고 게이트로 향했다.

도약함선이 출발 준비를 진행하는 동안 일행이 간단히 인사를 주고받았다. 쏘니와 진은 신혼여행 중이었다. 쏘니는 도시를 사랑하는 진을 설득해 고인류 탐사 시간여행에 끌고 왔다. 쏘니의 취미는 고인류학 서적 탐독이었다. 남편을 먼저 보내고 50년 만에 싱글이 된 것을 기념하며 여행 중인 아이샤, 대학 입학을 앞두고 함께 여행 중인 링링과 그 아빠, 여기에 최연소 멤버 미아까지 6명이 5일 동안 함께할 예정이었다. 평소에는 10명 남짓, 아무리 적어도 7명은 넘었는데 막판 취소가 겹쳐서 최소인원 기록이 경신됐다고 타니가 덧붙였다.

초공간도약함선 비행을 마치고 나서 개별 이착륙선으로 갈아탄 뒤에야 본격적으로 대화할 수 있었다. 타니가 개별 이착륙선의 조종석에 앉은 뒤 궤도비행을 자동 운항 모드로 전환시켰다. 전체 일정 설명 및 오리엔테이션을 위해서였다. 행성사파리는 다양한 유인원은 물론 대형 포유류 서식지와 가까우면서도 그들과의 상호작용은 피할 수 있는 지형지물이 있는 곳, 그중에서도 거대 계곡과 바위산, 퇴화한 내해 등 특이 지형이 이동 거리 안에 모여 있는 지역을 중심으로 이뤄졌다. 기초 표본조사를 마친 과학자들이 극지방, 심해 등 극한 지역으로 물러난 뒤 쌍둥이지구는 관광지로 개발됐다.

행성사파리 가이드는 이착륙선을 겸한 트레일러의 조종사이자 행성의 역사와 생태를 설명하는 교사였고, 응급상황에서 여행객의 부상 및 질병 등에 대처해야 하는 구조 요원이었다. 오리엔테이션 내내 타니가 적당히 고압적인 자세를 유지한 것은 세심하게 의도된 바였다.

"행성사파리는 '구경'을 위한 여행 상품이 아닙니다. 그 어떤 생물에게도, 특히 포유류에게 다가가지 않고, 교류하지 않습니다. 모래 한 알이라도 반출을 시도할 경우 10년 이하의 징역 혹은 10만 연방달러 이하의 벌금에 처합니다."

향후 5일 동안 자신이 책임질 이들과 한 명씩 눈을 마주치던 타니가 갑작스레 질문을 던졌다.

"사파리라는 말이 어디서 유래했는지 아세요?"

처음이라 서먹서먹한 이들이 눈치를 살피자 타니는 예상했다는 듯 말을 이었다.

"사파리는 스와힐리어로 여행이란 뜻이에요. 유럽인들이 19세기 아프리카 생태를 관찰한다는 명목으로 각종 탈것이며 짐꾼을 대동하고 탐험대 흉내를 낼 때 붙인 이름이죠. 결국 사파리는 그 너른 자연 생태계를 파괴하고서야 지구상에서 사라졌는데 그게 쌍둥이지구에서 부활했네요."

유쾌한 교양 수업을 기대했는데 묘하게 비판적인 역사 수업이 이어지자 백인 남성 쏘니가 불편한 기색을 드러내며 끼어들었다.

"그렇게 못마땅한 사람이…"

"여기서 이런 일을 하고 있냐고요?"

쏘니가 미처 마무리하지 못한 질문을 타니가 끝맺었다. 그리고 대답을 대신하듯 생태계 무개입 원칙을 소개했다.

행성사파리 여행이 일반인들에게 공개된 지 5년 만에 털매머드 상아 수공예품이 경매 사이트에 등장했다. 대형 포유류 사냥과 가공 및 배급에 개입된 온갖 검은 조직이 줄줄이 드러났다. 그로부터 얼마 지나지 않아 쌍둥이지구에 생태계 무개입 원칙이 전례 없는 속도로 전면 공유됐다. 생태주의자를 필두로 목소리를 높인 결과였다. 이때 생태주의와 함께 무개입 원칙에 큰 힘을 실어준 입장이 진화보존주의였다. 진화보존주의란 행성 진화의 흐름에 타 행성에 속한 인간이 어떤 식으로든 개입해서는 안 된다는 입장을 일컬었다. 그들에겐 행성사파리 자체가 폐지되어야 할 구시대의 유습이었다. 타니는 자신 역시 진화보존주의자라고 밝혔다.

"저도 처음부터 강경했던 건 아니었어요. 지난 10년 동안 행성사파리 일을 하면서 그렇게 됐죠. 그 입장을 지지하는 사람들을 찾아다니다 보니 코뿔소에서 일하게 되었고요. 쌍둥이지구에서 행성사파리 가이드를 하면서 꾀할 수 있는 변화가 적지 않다고 생각해요. 가까이에서 보는 것이 괴롭다며 외면하고 떠나기에는 이곳이 너무 매력적이거든요. 여러분도 그렇게 생각할 수 있게 된다면 좋겠어요."

이착륙선이 쌍둥이지구에 착륙한 뒤 트레일러로 둔갑했다. 타니는 첫날 밤을 보내기 위해 쌍둥이지구 어딘가에 트레일러를 정박시켰다. 집에서 쌍둥이지구까지는 그 거리를 헤아릴 수 없는 기나긴 여정이었다. 갈아타는 탈것들이나 물리적 이동 방식 역시 복잡하기 이를 데 없었다. 자연 중력이 주는 안정감에 몸을 맡긴 채 모두들 정신없이 잠에 빠져들었다.

첫 번째 아침. 초보 여행객의 고집스러운 아침잠에 맞서는 타니의 무기는 트레일러 안을 호령하는 기상 음악이었다. 작지만 취사, 취침, 청결 관리까지 자체 발전 및 정화 시스템을 갖춘 트레일러는 미니 우주 왕복선 혹은 타임머신을 연상시켰다. 20세기 히트곡 〈Here Comes the Sun〉이 트레일러 곳곳을 채우며 시간 여행객들을 깨웠다. 한두 명씩 정신을 차린 이들이 인사를 주고받으며 차례대로 세면실로 향했다.

미아와 링링은 세면실을 생략한 채 식당으로 들어섰다. 타니가 이들에게 씩씩하게 인사를 건네더니 트레일러의 덧창을 열었다. 둘의 입에서 저도 모르게 낮은 탄성이 새어 나왔다. 그믐의 검은 하늘과 붉은 땅의 경계가 덧창을 한가득 채우고 있었다. 압도적인 평원에서 그들의 보금자리인 트레일러는 한 점에 지나지 않을 것이었다. 하늘과 땅의 틈을 비집고 빛이 스며드는 가운데 저 멀리 거대 모노리스Monolith가 보였다. 거리가 멀어 크기는 작아 보였지만 존재만으로도 주변을 압도했다.

"오전에는 3시간 동안 저 앞에 보이는 끔반 바위 주변을 한 바퀴 도는 트레킹을 진행합니다."

링링이 물었다.

"끔반 바위요? 매머드 바위 말인가요?"

"네, 지구인들은 저 거대한 바위가 매머드의 웅크린 모습을 닮았다고 그렇게 부르기 시작했어요. 그렇게 매머드 바위로 유명해졌죠. 그런데 근방 호모 속들이 저 바위를 끔반 바위라고 부른다는 게 밝혀졌어요. 끔반은 지구로 치면 거북에 해당하는 생물 종을 부르는 이름이에요. 첫째로 이 지역에는 매머드가 서식하지 않고, 둘째로 원래 주민들이 부르는 이름이 있다면 그렇게 부르는 게 경우에 맞겠죠."

타니는 일행 모두가 기상하고 아침 식사를 마치기까지 정확히 20분을 주었다. 소리 없이 이륙한 트레일러가 이내 끔반 바위 근처 엄폐 장소에 착륙했다. 드디어 입구가 열렸다. 처음으로 쌍둥이지구의 대지를 딛기 위해 사람들이 줄지어 하차했다.

새벽 공기가 딱 기분 좋을 만큼 까실까실했다. 희붐한 하늘빛이 촌각을 다투며 달라졌다. 미아는 행성사파리 여행을 위해 장만한 하이킹화가 대지를 밀어내는 감촉에 집중했다. 아무리 신경을 곤두세워도 지구와 다른 점을 느낄 수 없었다. 천문학적인 거리를 여행한 끝에 다다른 곳이라고는 믿을 수 없을 만큼. 하지만 한 가지만은 분명했다. 제아무리 '고퀄리티'의 가상현실과 증강현실이라도 대신할 수 없을 '실재'의 공감각. 모두들 비슷한 생각을 하고 있었을 것이다. 선두에 선 타니는 각자의 침묵에 빠져드는 일행을 돌아보며 보폭을 조절했다.

어디선가 낮게 먼 북소리가 들려왔다. 물론 북소리일 리는 없었다.

"무슨 소리죠? 혹시 코뿔소 아닌가요? 위협적인데요….."

링링의 아빠였다. 그는 쌍둥이지구의 생태계부터 코뿔소 어드벤처의 안전규칙에 이르기까지, 모든 지점에서 우려를 가장한 잔소리 담당을 자처하고 있었다.

"스밀로돈일걸요."

미아가 자신도 모르게 대답한 뒤 아차 싶은 표정을 지었다. 내내 조용했던 최연소 멤버가 목소리를 높이자 다들 놀란 눈치였다. 자신의 말이 맞다는 것을 증명하듯 미아가 용기를 내어 방금 전 소리를 따라 해 보였다. 고양이를 닮은 용이 있다면, 거대하지만 자신이 원하는 존재에게는 한없이 부드러운 동물이 기분 좋을 때 그런 소리를 낼 것 같았다. 일행이 이번에는 일제히 타니를 주목했다. 정답을 알려달라는 의미였다. 타니와 미아가 서로 바라보았다. 타니가 먼저 미소 지었다.

"그런 것 같네요. 아이에게 부드럽게 경고 중인 어미로군요. 스밀로돈은 긴 송곳니가 특징인 고양잇과 대형 포유류죠. 근방에 스밀로돈이 종종 출몰하긴 하지만 주로 야행성이고 퇴치제

때문에 가까이는 오지 않을 겁니다."

해맞이 장소에 가까워지자 또 다른 행성사파리 그룹이 보였다. 행성사파리 상품을 운영하는 여행사는 성행하는 곳만 해도 코뿔소 어드벤처를 포함해 열 손가락을 훌쩍 넘었다. 한정된 여행지와 루트를 생각하면 길 위에서 다른 사파리 그룹을 만나는 것은 당연했다. 타니는 때때로 다른 그룹을 통솔하는 가이드와 눈인사 혹은 손 인사를 주고받았다. 타니는 각각 그룹의 최고령자와 최연소자인 아이샤와 미아에게 남들보다 잦은 빈도로 시선을 던지며 그들의 안전을 확인했다. 미아 역시 자신도 모르게 타니를 바라보다가 눈이 마주치면 어쩐지 부끄러워서 다른 쪽으로 눈길을 피했다.

쌍둥이태양의 첫 빛과 함께 끔반 바위 밑자락에 도착한 이들은 그 뒤로 30분 정도 시시각각 안색을 바꾸는 바위와 하늘을 감상했다. 그러고는 모노리스 주변 하이킹에 나섰다. 타니가 안내를 시작했다.

"이 지역은 환경이 무척 척박해서 호모 속 개체와 마주칠 가능성이 상당히 낮습니다. 종교적인 이유로도 끔반 바위 주변에는 접근을 꺼린다고 알려져 있거든요."

현재 쌍둥이지구 전역에는, 진화 단계상 호모 에렉투스와 유사한 위치에 속하는 호모 속이 생태계의 일원으로 살아가고 있었다. 이들은 일상적으로 불과 언어와 도구를 사용했고 집단 생활을 했다. 호모 속에 관한 설명을 듣자 일행의 눈이 일제히 반짝였다.

"이 시기 호모 에렉투스에게 종교 의식이 있었다고요? 지구에서 원시 인류가 매장을 시작한 것이 불과 30만 년 전으로 알려져 있는데?"

역시 쏘니였다. 기다렸다는 듯 타니의 답변이 이어졌다.

"잘 말씀하셨다시피 지구에서 원시 인류가 '일상적으로' 시체를 매장한 것은 30만 년 전이 최초입니다. 간헐적인 매장 시기는 훨씬 더 거슬러 올라가리란 것이 주된 이론이죠. 그런데⋯ 지구에서 인류의 조상이 언제 무엇을 했었다는 것이 이곳 유인원이 지금 무엇을 하고 있다는 것의 근거가 될 수 있을까요?"

"⋯아니요⋯."

따지고 보면 질문도 아닌 말의 끝에 조심스럽게 대답을 더한 것은 미아였다. 미아는 다시 용기를 냈다.

"주어진 조건이 똑같다고, 사실 똑같지도 않지만, 그곳과 이곳의 시간이 같은 방향으로 흐른다고 확신할 수 없잖아요. 일란성 쌍둥이도 서로 다른 인생을 사니까요."

자신의 말에 귀를 기울이던 어른들이 일순 모두 함께 고개를 끄덕이는 모습에 미아는 어쩐지 안도의 숨을 내쉬었다. 타니가 덧붙였다.

"그렇죠. 요즘엔 연구자들도 두 행성 사이의 공통점보다는 유의미한 차이점에 더욱 관심을 기울이고 있어요."

갑자기 타니가 발걸음을 멈추더니 조금 떨어진 곳에 자라난 무성한 풀을 가리켰다.

"여러분! 여기 보이는 이 풀들은 이 지역 토종 식물 중 하나로 황야의 등대풀이라고 불립니다. 이 풀을 만진 손으로 눈을 비비면 심할 경우 실명에 이를 수 있습니다."

별생각 없이 서 있던 사람들이 움찔하며 등대풀에서 물러났다. 주변에 마르지 않는 물길이 있어선지, 황야의 등대풀은 건조지역 토종 식물군 중 보기 드물게 푸르렀다. 잎색과 동일한 색의 꽃을 빻아서 깊은 상처에 올리는 것이 이 지역 호모 속의 치료법이라고 했다. 빻은 식물이 닿은 것과 상처가 치유되는 것, 두 가지 개별 사건 사이의 인과관계를 파악한 것은 굉장히 의미심장한 사유능력이라는 설명도 덧붙였다.

하이킹이 계속됐다.

"사실 대단한 건 한두 가지가 아닙니다."

또다시 발걸음을 멈춘 타니가 말을 이었다.

"또 다른 예 중 하나가 바로 이 벽화입니다."

타니가 가리킨 곳엔 바위 한쪽 귀퉁이가 자연 풍화로 떨어져

나가 얄게 파인 동굴이 만들어져 있었다. 안쪽의 좁다란 천장에는 모노리스의 원래 재질인 붉은 사암이 선명하게 드러났다. 하얀 선으로 그려진 추상화가 붉은 공백을 메우고 있었다.

"한 분씩 들어가서 위를 올려다보세요. 절대 만지진 마시고요."

아침부터 타니의 바로 뒤, 일행 중 가장 선두에서 걷던 아이샤가 먼저 미니 동굴에 들어섰다. 30초 쯤 지났을까. 되돌아 나온 아이샤에게 타니가 물었다.

"뭘 형상화한 것 같아요?"

"…비?"

"단번에 맞힌 분은 처음이에요! 어떻게 아셨어요?"

"하얀 선에 일관된 방향성이 있고… 세계를 개념화하기 전 어린이들의 그림과 유사한 점이 많아요. 예전에 그림 치료사로 일한 적이 있거든요."

"400년 전 이 지역에 엄청난 가뭄이 이어졌을 때 호모 속이 그린 것으로 추정됩니다. 50킬로미터 근방에서는 찾아볼 수 없는 역암 조각으로 비 오는 하늘을 그려놓았죠."

두 번째로 동굴에 들어간 미아가 믿을 수 없다는 표정으로 되돌아 나오며 물었다.

"50킬로미터요?"

"대단하죠? 이게 처음 발견됐을 때 그래서 다들 믿지 않았죠.

그때 이후 호모 속의 한계에 대한 확언을 삼가게 됐습니다."

차례대로 기우화畵를 감상한 뒤 일행이 다시 길을 떠났다. 각자의 페이스를 유지하면서 저절로 진열이 갖춰졌다. 쏘니와 진은 점점 그룹의 뒤로 옮겨 가더니 아예 멀찍이 떨어져서 걷기 시작했다. 선두에 선 타니와 아이샤가 두런두런 이야기를 나눴다.

"타니, 아까 말한 지구와 쌍둥이지구의 유의미한 차이점 말인데요. 타니도 이제는 같은 점보다 차이점이 더 크게 보이나요?"

"네, 시간이 갈수록, 쌍둥이지구를 자세히 볼수록 더 그래요. 아주 작은 차이가 쌓이고 쌓여서 결국은 어마어마해지죠."

"나비효과군요."

"네, 맞아요! 나비효과!"

"타니가 볼 때 가장 의미심장한 나비의 날갯짓은 무엇인가요?"

"음. 저는 지구가 6,500만 년 전에 겪은 대멸종을 쌍둥이지구는 보다 늦게, 낮은 수위로 겪은 것을 꼽고 싶어요. 사실 이건 이미 나비의 날갯짓이 아니죠."

"그 정도면 익룡의 날갯짓은 되겠는데요? 대멸종 이후 종의 다양성이 폭발하고 진화의 커다란 물줄기가 새로 잡힌다는 걸 떠올려보면요."

"네. 맞아요."

"그런데 현재의 연구나 개발은 쌍둥이지구가 지구의 길을 걸을 것이라는 확신으로 이뤄지고 있지 않나요?"

"그런 셈이죠."

타니의 짧은 답변에 불만의 기색이 역력했다.

미아는 간간이 들리는 대화의 파편에 귀 기울이며 아까 타니가 설명했던 큰 비를 상상했다. 극도로 건조한 이 지역에는 몇 년에 한 번씩 폭우가 쏟아졌다. 거대한 생초콜릿 같은 끔반 바위의 외관에 수직으로 파인 홈들은 그렇게 내린 비가 모노리스를 거쳐 대지를 만난 흔적이었다. 미아는 단단한 기암에 어쩌다 내리는 빗물이 길을 만드는 시간을 가늠해보려 애썼다. 폭우 속에서 파닥이는 나비의 날개를 떠올렸다.

갑자기 뒤편에서 비명 소리가 들려왔다. 놀란 사람들이 뒤를 돌아봤다. 행렬에서부터 50미터쯤 떨어진 뒤편에서 누군가가 팔로 얼굴을 가린 채 웅크리며 주저앉아 있었다. 쏘니였다. 타니가 황급히 그쪽을 향해 달려갔다. 순간 미아의 머릿속에 쌍둥이지구 곳곳에 위치한 연구소와 그에 딸린 공식 구조대가 떠올랐다. 구조대에 도움을 요청해야 할지도 모른다는 데 생각이 미쳤다. 미아는 가방에서 미니 패드를 꺼내 전원을 켰다.

"제가 아까 해돋이 보던 중에 바위에 긁혀서 무릎에 상처가 났거든요."

단숨에 달려와 설명을 요구하는 타니의 눈빛에 진이 주섬주섬 대답했다.

"실은 아까 쏘니가 장갑을 낀 채로 잎을 하나 따두었어요."

타니가 장갑을 꺼내 착용하는 동안 진이 말을 이었다.

"상처가 생각보다 깊기에 그 잎으로 치료를 해보자면서 좀 빻았는데… 하지만 모두 장갑을 낀 채로 했어요!"

"그 장갑을 다시 맨손으로 만지면 결과는 똑같아요."

타니가 쏘니에게서 가방을 벗겨낸 뒤 편한 자세를 취하게 했다. 쏘니는 얼굴에 계속 손을 얹고 있었다. 쏘니의 얼굴에서 그의 손을 떼어낸 타니가 응급키트 안에서 세정제를 꺼내 등대풀이 묻은 쏘니의 손과 얼굴을 닦아냈다. 쏘니의 눈 주변이 검붉게 부풀어 오르고 있었다. 고통을 호소하던 쏘니의 목소리가 조금씩 잦아들었다.

"좋지 않아, 좋지 않아."

혼잣말을 중얼거리며 타니가 키트를 뒤지는데 불쑥 눈앞에 미니 패드가 나타났다. 이곳에서 가장 가까운 공식 구조대 번호를 검색한 뒤 연결 버튼만 누르면 되는 상태로 미아가 건넨 것이었다. 타니가 기기를 받아 들며 미아와 눈인사를 주고받았다.

대륙 서안에 있는 연구소에서 치료선을 겸한 구조선이 신고 20분 만에 도착했다. 구조선을 기다리는 동안 타니가 아드레날린을 주사하고 기도를 확보하면서 이상 반응을 관찰했다. 구조

원은 황야의 등대풀이 닿았을 때의 일반적인 반응에 더하여 과민성 반응을 일으킨 것 같다고 전했다. 구조대가 타니와 미아의 신속한 응급 처치를 칭찬한 뒤 환자인 쏘니와 보호자인 진을 싣고 떠났다.

타니와 남은 팀원들은 트레일러로 귀환하여 점심을 먹었다. 그사이 쏘니의 상태가 충분히 안정되었고 저녁 무렵에는 다시 합류할 예정이라는 소식을 전해 들었다. 일행은 그들의 작은 보금자리에서 오전의 무용담을 회고했다.

오후에는 매머드 바위 주변 일대를 크게 둘러보았다. 4,000만 년 전까지 바다 속에 잠겨 있다 솟아오른 땅에 생긴 해수호가 듬성듬성 자리 잡은 지역이었다. 몇십만 년에 걸쳐 건조된 흔적인 하얀 소금밭이 얼음 바다처럼 반짝였다. 소금기 섞인 바람이 몇백만 년 동안 조각한 특이 지형이 천연 전시 공간에 펼쳐져 있었다. 천만, 백만 년 단위로 흘러가는 시간 앞에서, 50만 년이라는 두 행성의 시차는 무색했다.

식전주로 샴페인을 곁들여 일몰을 감상하는 것으로 긴 하루가 마무리됐다. 태양이 평원을 얇게 덮더니 마지막 숨을 들이마시듯 모든 빛을 거둬 갔다. 땅거미가 대지를 집어삼켰다. 하늘의 남은 한 조각마저 땅의 그림자에 잠길 때까지 사람들은 내내 말을 잇지 못했다. 미아는 지구의 일몰을 마지막으로 본 것이 언제였는지 기억나지 않았다. 어쩌면 지구에서는 더 이상 이런 일몰을 볼 수 없을지도 몰랐다.

저녁 식사를 시작하기 직전 쏘니와 진이 멋쩍은 표정으로 귀환했다. 경미하지만 무개입 원칙을 어긴 범칙금을 치료비와 함께 처리하고 돌아온 것으로 사과를 대신할 수는 없겠냐고, 아마도 쏘니가 그렇게 말했다.

모두와 함께하는 저녁 식사는 자연스럽게 자기소개로 이어졌다. 사용자 경험(UX) 디자이너인 진은 회계사 쏘니를 고객으로 처음 만났다. 대학 입학을 앞둔 딸과 여행을 왔다는 사실에 여전히 도취된 링링의 아빠는 사업가였는데 회계사와 결혼한 진을 진심으로 부러워했다. 그런 아빠를 흘겨보는 링링은 조만간 화성에 있는 대학에 진학할 예정이라 가족과 떨어져 지낼 생각에 들떠 있었다. 사람들은 먼 우주여행길에서 보기 드물게 어린 나이인 미아의 사연을 궁금해했다. 열세 번째 생일 선물을 스스로에게 주기 위해 의사를 미리 만나야 했다는 말에 흥미가 더해졌다. 자신의 이름이 한국에선 일반적으로 'missing child'를 의미한다고 덧붙이자 더욱 재밌어했다. 엄마 아빠에게 제대로 된 여행 허락을 받지 않았다는 말은 물론 하지 않았다. 미성년자인 자신을 배려하여 무알콜 샴페인을 챙겨 온 타니에 대한 감사로 미아는 자기소개를 마쳤다. 다음 차례는 아이샤. 결혼 전에는 인공지능 개발자였던 아이샤는 가사와 육아에 이은 남편의 병구완으로 내내 프리랜서였다. 남편이 세상을 떠난 직후 성인이 된 세 아들의 적극적인 권유로 여행길에 올랐다. 풀 마라톤, 여행기 쓰기, 본격적인 구직 등 계획을 나열하는 아이샤의 두 눈이 반짝거렸다.

자기소개 한 바퀴가 다 돌았을 무렵에는 창을 통해서도 하늘을 메운 별 무리를 확연하게 볼 수 있었다. 고개를 숙여 동쪽 하늘에 걸린 눈썹달을 바라보던 아이샤가 놀랍다는 듯 말했다.

"어쩜 여긴 저렇게 달까지 맞춤으로 떠 있을까요?"

거대 천체와 충돌하면서 떨어져 나온 지구의 일부가 달이 되었듯, 쌍둥이지구의 위성 역시 본래 쌍둥이지구의 일부였다. 쌍둥이지구의 위성은 달보다 몇백만 년 일찍 만들어진 것으로 추정되지만 행성의 나이를 생각하면 이 역시 부정확하고 근소한 차이였다. 위성의 생성 시기와 크기, 물과 뭍의 비율, 단세포에서 다세포로, 해양 생물에서 육지 생물로 진행된 진화의 방향성까지, 약속이라도 한 듯 서로 닮은 두 행성의 성장에 관한 이야기로 밤이 깊어갔다.

"아무리 생각해도 머지않은 미래에 쌍둥이지구로 본격적인 이주를 시작하는 게 답이 아닐까요?"

링링의 아빠가 말했다. 타니는 그간 비슷한 말을 했던 사람이 몇 명인지 떠올려봤다. 셀 수도 없었다. 저런 말을 하는 사람의 성별은 대개 남성이었다. 타니가 웃는 입으로 반문했다.

"답이라뇨? 지금 문제가 뭐지요?"

타니의 눈은 웃고 있지 않았다.

"그야… 지금 각종 이상기후로 인한 환경 변화에 시달리고 있는 인류의 문제죠."

"그게 뭐야, 지구는 이미 망했는데 마침 대체재가 있으니 됐다는 거야? 그럼 여긴 어떻게 되고?"

링링이 아빠를 바라보지도 않고 쏘아붙였다. 그러자 내내 잠자코 있던 쏘니가 혼잣말인 듯 끼어들었다.

"여기야 지금 그냥 텅 비어 있는데 뭐가 문제지?"

미아와 링링이 동시에 발끈하며 반문했다.

"텅 비어 있다고요?"

"어디가요?"

이 모든 논의를 흥미롭다는 듯 바라보던 아이샤가 말했다.

"행성을 하나로는 부족해서 두 개씩이나 말아먹겠다니 그거 정말 욕심이 끝도 없네요."

취침에 앞서 이륙한 트레일러가 자동 운항 모드로 온 밤을 날았다. 다양한 포유류, 그리고 마침내 호모 속을 만날 차례였다.

둥근 지평선 너머 쌍둥이태양의 정수리가 엿보일 무렵, 트레일러가 빽빽한 산악지대에 착륙했다.

〈Here Comes the Sun〉이 트레일러 안을 가득 채우며 새로운 하루의 시작을 알렸다. 고작 두 번째였지만 확실하게 루틴을 각인시킨 타니 덕분에 모두들 익숙하게 각자의 자리를 찾아 움직였다. 암묵적으로 정해진 순서를 지켜 화장실과 세면실을 이용하고 잠자리를 정리했다. 주방에 들어선 링링의 아빠가 빵을 토스터기에 넣고 아침을 준비했다. 그 뒤를 진과 쏘니가 따랐다. 진이 커피를 내리는 동안 쏘니는 두 사람의 작업에 사사건건 훈수를 두었다. 가장 늦게 일어난 미아가 자신의 짐을 정리하고 자외선 차단제를 얼굴에 바르려는데 링링이 말을 걸었다.

"이거 한번 써볼래? 나도 친구 추천으로 쓰기 시작했는데 지속력이랑 차단력이 엄청나. 자극적이지도 않고."

거절할 이유가 없었다. 조금 덜어서 쓰려는데 링링이 튜브째로 건넸다.

"그냥 너 다 써. 난 새거 또 가져왔거든."

"고마워요."

고마워, 언니. 미아는 한국어로 혼자 중얼거렸다. 창밖을 내다보니 사과를 아침으로 대신하는 아이샤와 타니가 함께 광합성 중이었다.

아침 식사를 마치고 새로운 지대를 하이킹하기 위한 채비를 할 차례였다. 타니가 사람들을 둘러보며 말했다.

"이곳은 어제 하이킹한 지역보다 삼림이 우거졌고 당연히 생물의 개체 수도 많습니다. 포유류 탐지기를 내내 켜놓아야 합니다. 다들 탐지기가 정상 작동되는지 확인해주세요."

포유류 탐지기는 미리 정해둔 반경 안으로 일정 크기 이상의 포유류를 탐지하면 신호를 보내주는 장치였다. 행성사파리의 상품화와 함께 개발이 시작됐고, 생태계 무개입 원칙 현실화를 목표로 상용화가 이뤄졌다. 여행객을 위한 안전 대책 차원으로 구상된 장치였지만, 무개입 원칙과 더불어 여행객으로부터 포유류를 보호하기 위한 예방의 의미 역시 부각됐다. 호모 속을 포함한 포유류는 인류 진화의 굵은 줄기를 공유한 만큼 어떤 식으로든 타 행성 사람들로부터 영향을 주고받지 않아야 했다. 쌍둥이지구의 모든 인간은 시각 및 후각 정보 교란 장치와 함께 포유류 탐지기를 부착한 채 이동하다가, 탐지기가 경고음을 보내는 즉시 가장 가까운 엄폐물로 향했다.

트레일러를 나선 일행이 길을 떠났다. 건조한 대륙 한가운데 있는 끔반 바위 지역보다 위도가 높은 곳이었다. 당연히 기후도 달라졌다. 지구로 치면 늦가을의 싸늘함이 완연했다. 거대한 수종이 드리운 이파리 사이로 스치는 바람, 억센 깃털을 지닌 거대

조류의 날갯짓, 포유류가 나무와 풀을 움켜쥐는 소리… 낯선 배
경음이 여행자들을 압도했다.

"이렇게 돌아다녀도 되나?"

주위를 둘러본 진이 중얼거리며 자신도 모르게 쏘니의 손을
움켜쥐었다.

"적어도 육식성 대형 포유류는 이 지역 산림에 없을 거예요."

미아의 말에 나머지 어른들이 안심하며 고개를 끄덕였다. 그
룹의 최연소 멤버는 어느새 대형 포유류 전문가로 인정받고 있
었다.

"하지만,"

미아가 눈을 반짝이며 덧붙였다.

"매머드는 육식성이 아니죠."

타니가 고개를 끄덕이며 포유류 탐지기의 민감도를 한껏 높이
고 알람 음량을 낮췄다. 포유류 개체 밀집도가 높아졌기 때문
이다.

"곧 매머드 관측을 위해 초원 지대로 진입합니다. 5미터 밖으
로 떨어지지 마세요."

30분 남짓, 산림의 생태계를 감상한 이들이 초원 입구로 들어
설 차례였다. 선두의 미아가 걸음을 멈췄다. 일행이 일제히 숨을
들이마시는 소리가 낮게 깔렸다. 수십여 마리에 이르는 털매머

드 일족의 아침 식사 광경이 예고도 없이 펼쳐진 것이다.

인간이라면 어느 누구도 손끝 하나 움직일 수 없었다. 오직 매머드들만이 엄니가 서로 겹치지 않도록 일정한 거리를 유지한 채 기분 좋은 울림 소리를 내며 풀을 뜯고 있었다. 아침 햇살을 받아 엄니가 번쩍였다. 위풍당당한 코로 풀을 감아쥐어 입으로 가져간 뒤 씹어 삼켰다. 그 입 안에서 대나무 숲 바람 부는 소리가 났다. 숲을 통째로 배 속에 집어넣는 것 같았다.

현실감을 되찾은 이들이 조심스레 촬영을 시도했다. 미아는 달랐다. 털매머드를 만나기 위해 먼 우주를 건너왔다. 오감을 모두 사용하여 그 순간을 기억해야 했다. 다른 매체의 도움을 받기 위해 단 1초도 낭비할 수 없었다. 포유류 탐지기를 주시하며 일행과 매머드 무리 사이의 거리를 유지하던 타니가 어린 매머드 한 마리를 발견했다. 어미의 엄니 사정거리를 벗어나 숲과 초원의 경계 가까이 다가온 녀석이 미아 쪽으로 향했다. 자신도 모르게 한 발짝씩 내딛으려는 미아의 팔을 타니가 잡았다. 미아는 타니와, 그리고 어린 매머드와 차례로 눈을 마주쳤다. 터질 듯 두근거리는 가슴으로 생각했다. 이거면 됐다.

새끼 매머드의 어미 역시 뭔가를 감지한 듯 일행을 향해 접근했다. 모두의 포유류 탐지기가 일제히 깜빡였다. 어미의 위용은 최소 무리의 2인자는 되는 것 같았다. 170센티미터를 훌쩍 넘는 타니의 당당한 키를 두 배 넘어 압도하는 듯했다.

물러서야 할 시점이었다. 인간들은 조심스럽게 뒷걸음질 쳤다. 매머드는 큰 숨을 내쉬며 고개를 돌리고는 새끼를 챙겨 식사 자리로 돌아갔다. 모두의 눈에 그제야 싸락눈이 들어왔다. 언제부터 내리기 시작했는지 알 수 없는, 한없이 가벼운 눈송이들이었다.

트레일러로 귀환하고 또 점심을 챙겨 먹으면서 일행은 서로 촬영한 사진과 영상을 감상하고 또 공유하느라 여념이 없었다. 그사이 트레일러는 파도가 호쾌하게 치는 해변으로 향했다. 타니는 바위 해변 한구석 트레일러를 숨기기 적당한 빈틈에 착륙했다. 남반구 대륙 동쪽 해안의 온난한 기후대에 속한 이 지역은 호모 속의 서식지였다.

쌍둥이지구에서 호모 사피엔스에 대응하는 종은 아직 태어나지 않았다. 그러나 호모 속의 조건을 충족시키는 종은 현재 다섯 종 정도 확인됐다. 또 한 번의 빙하기를 막 빠져나오면서 생태계의 눈부신 다양성이 꽃피는 중이었고, 호모 속이 행성의 주인으로 군림하기까지는 까마득한 시간이 필요했다. 호모 속이 다른 영장류와 진화의 줄기에서 서로 이별한 것은 몇백만 년 전의 일이었다. 기후에 따라 서식지를 선택한 각각의 호모 속 종과 개체들이 먹이사슬 속에서 하나의 고리를 담당한 채 도약의 기회를 엿보는 중이었다.

쌍둥이지구는 달 크기의 위성을 지구보다 먼저 가지면서 생명의 탄생이 지구보다 빨랐고, 지구의 거대 파충류를 멸종시켰던 소행성과의 충돌은 다소 경미한 수위로 늦게 겪었다. 덕분에 포유류의 진화는 보다 오랜 시간을 준비한 뒤 폭발적으로 개화했고 이는 다시 도미노처럼 호모 속의 현재에까지 영향을 미쳤다. 쌍둥이지구 호모 에렉투스의 조상들은 일찌감치 나무 위 생활을 포기한 덕분에 같은 시기 유인원과 구별될 수 있을 정도로 팔이 짧았고 다리는 인간만큼 길었다. 체형이 지구의 호모 에렉투스보다 훨씬 현생인류에 가까웠다.

근방의 호모 속은 철마다 다양한 바다와 육지 동식물에 기대어 살아갔다. 동위도 지역에 비해 겨울이 온난했고, 1년 내내 난류의 영향 아래 놓인 얕은 해변에선 사시사철 사냥이 가능했다. 모험심 넘치는 대형 포유류 개체가 가끔씩 길을 잃고 출몰하는 것을 제외하면 천적도 없었다.

"다른 지역에 비하면 이 지역 호모 속의 일상은 지상낙원에 가깝습니다."

트레일러에서 내린 일행을 안전지대에 집합시킨 뒤, 타니가 설명했다.

"매 순간 생존을 위해 싸우지 않아도 되는 덕에 이 지역 호모 속은 고유한 습성을 발달시켰습니다. 그건 바로…"

주변을 두리번거리며 뜸을 들이던 타니가 바위 틈을 가리켰다. 일행의 눈길이 그 손끝을 따라 일제히 움직였다.

"서핑!"

얕은 산호초를 넓게 두른 해안에 1년 내내 긴 파도가 깊숙이 부서져 들어왔다. 학자들은 호모 에렉투스 발달 단계에 대응하는 이 지역 호모 속을 호모 리터스Homo Litus라고 불렀다. 해변의 인간이라는 의미였다.

조개껍질 무더기를 옆에 쌓아두고 식곤증을 즐기던 어느 오후의 지루함 덕분이었을까. 이들 중 한 명이 숲에서 주워 온 나무껍질을 파도 위에 띄웠을 것이다. 배를 깔고 파도를 음미하는 것으로 모자라 나무껍질을 딛고 일어서 물 위를 달려보겠다는 마음은 어디에서 왔을까. 지구의 인간들은 쌍둥이지구 해변의 인간들이 해변을 즐기는 모습을 숨죽인 채 지켜보았다.

여남은 명의 호모 리터스 무리가 뭍에서 불과 100여 미터쯤 떨어진 곳에서 너울대는 파도에 몸을 맡기고 있었다. 인근 수종으로부터 떨어져 나온 단단하고 가벼운 나무껍질을 나름의 방식으로 다듬어 원시적인 서핑 보드로 사용했다. 모두가 그 위에 엎드려 태양을 바라보고 있었다. 적당한 파도를 기다리던 모양이었다. 저만치에서 흥얼대던 너울이 육지에 가까워지자 비스듬히 갈라지며 해변을 향해 달음질쳤다. 나무껍질 위에 엎드린 채 양 팔로 물을 저어 잔파도를 하나씩 넘어서던 해변 인간 중 한 명, 멀리 보는 눈을 가진 누군가가 좋은 파도를 골라 앞장서면 다른 이들이 따라나섰다. 준비된 상태로 양질의 파도를 맞이한 한 명 이 보드 위에 직립하면 예상 길목에 있던 동료들은 길을 피해주 는 에티켓도 엿볼 수 있었다. 좋은 기회를 연거푸 옆 사람에게 양보한 해변 인간 한 명이 마침내 썩 좋은 파도를 골라잡았다.

한 여성 개체가 긴 팔을 뻗은 채 나무껍질 위에서 균형을 유지 하고 있었다. 모래사장까지 미끄러져 들어온 그를 향해 어린 해 변 인간이 파도처럼 달려들었다. 둘은 모녀지간으로 보였다. 돌 출된 눈썹 위로 이마가 눈에 띄게 좁고 편평하다는 것을 제외하 면 두 해변 인간의 얼굴은 인간과 별반 다를 바가 없었다. 두 해 변 인간이 햇살처럼 웃었다. 아니, 얼굴을 찡그렸는데 그것이 불 편함을 표현하는 것이 아니라 행복을 드러내기 위한 웃음이라는 것을 알 수 있었다.

"웃고 있네요. 정말 신나 보여요."

아이샤가 중얼거렸다. 각자의 망원경을 사용하여 원시 인류의 서핑 광경을 관찰하던 다른 이들이 무의식중에 고개를 주억거렸 다. 타니가 말을 받았다.

"파도를 따라 해변을 향해 질주하는 것은 아마도 고등 포유류의 본능인지도 모르겠어요. 호모 리터스 주변으로 고래 종들이 함께 파도를 즐기는 모습 보셨나요?"

과연 그랬다. 해변 인간뿐 아니라 돌고래처럼 작은 유사 고래 종 개체들이 앞서거니 뒤서거니 넘실대며 수면 위와 아래를 활강했다. 순도 100퍼센트 유희의 순간을 공유한 이들이 포말과 함께 눈부셨다.

"내일은 우리도 저들처럼 서핑에 나설 예정입니다. 기대하세요."

네 번째 날의 테마는 호모 리터스였다. 오전에는 생태 관찰을 통해 지역 해변 인간 무리의 일상에 친숙해진 뒤 오후에는 원시 서핑을 직접 체험하는 순서였다. 원시 서핑은 가파른 해안 절벽 뒤편에서 2시간 동안 진행됐다. 절벽을 경계로 서식지를 넘어서지 않는 이 지역 호모 리터스의 습성 덕분에, 행성사파리의 무개입 원칙을 어기지 않고도 실현할 수 있었다.

이전 일정 중간에 타니의 지휘 아래 자신에게 맞는 나무껍질 보드를 채집해둔 이들이 해변에 늘어섰다. 다들 긴장한 기색이 역력했다. 하와이 출신으로, 그 아버지에 따르면 거짓말을 조금 보태 보드 위에서 걸음마를 배웠다는 링링도 마찬가지였다. 타니가 각종 안전 수칙과 행동 요령을 늘어놓은 뒤 바다를 향해 앞장섰다.

"경험자라도 나무껍질 보드가 낯설 수밖에 없습니다. 저 앞에

삐죽이 나온 바위보다 멀리 나아가면 안 됩니다. 라이프가드 로봇이 감시 중이라 해도 안전 수칙 위반 시 즉시 퇴장 지시 내립니다!"

곧바로 너울을 향해 뛰어들어 가장 큰 파도를 잡겠노라 호언장담하던 쏘니가 장난처럼 항의의 몸짓을 해 보였다. 일행은 쭈뼛쭈뼛 모래사장을 걸어 바다에 닿은 뒤에도 몇 번의 파도가 발목을 간질이도록 내버려뒀다. 타니가 초심자인 아이샤와 미아에게 다가왔다.

"우리는 보드에 배를 깔고 팔을 저어 이동하는 패들링부터 배워볼까요. 보드 위에 일어서는 테이크오프 단계까지 못 갈지도 몰라요. 너무 조급해하지 말도록 하죠."

링링 부녀와 쏘니와 진 커플은 어느덧 저만치 앞으로 나섰다. 꽤나 큰 너울이 옆으로 다가오는 것을 쏘니가 발견했다. 서두른 끝에 잡아탈 수 있었지만 어색한 보드 때문인지 쏘니는 이내 균형을 잃고 내팽개쳐졌다. 바로 그때 링링이 등 뒤로 다가오는 작지만 단단해 뵈는 파도를 감지했다. 링링은 파도를 등진 상태로 온전히 온몸을 사용해 타이밍을 맞춘 끝에 두 발로 보드를 딛고 일어섰다. 때맞춰 뒤를 잇는 좋은 파도, 욕심내지 않는 안정적인 자세 덕분에 링링이 꽤나 멀리까지 눈 깜빡할 사이에 미끄러졌다.

미아는 우연과 안목, 실력이 만나야만 이루어지는 링링의 퍼포먼스를 홀린 듯 바라봤다.

"미아! 파도!"

타니의 다급한 경고에 뒤이어 파도가 미아를 덮쳤다. 완만한 수심 덕분에 땅을 박차고 떠오르는 것이 어렵지 않았지만 위아래를 분간할 수 없는 혼란이 주는 위협이 압도적이었다. 타니가 옆으로 다가와 미아가 보드에 몸을 의지하도록 도왔다.

"다른 사람 보면서 감탄할 시간 없어요. 자기 앞 파도에 집중!"

기침과 함께 바닷물을 뱉어내며 미아가 주변을 돌아봤다. 링링은 직전의 완벽한 질주는 다 잊은 듯 또 다른 파도를 쫓았다. 파도를 즐기는 게 목적이라고 일찌감치 선언한 아이샤가 보드에 배를 깐 채 큰 파도를 피해가며 파랑을 만끽하고 있었다. 쏘니가 또다시 성급하게 파도에 올라타려고 했지만, 보드의 코가 물에 잠기면서 바다에 처박혔다. 너무 큰 파도 앞에 망설이던 진이 수면 아래로 파도를 뚫고 나갔다. 적당한 파도를 골라잡은 링링 아빠가 그런대로 성공적인 라이딩을 마쳤다. 의기양양하게 자신의 성공을 공유할 목격자를 찾던 링링 아빠와 눈이 마주친 미아가 엄지를 들어 보였다.

전날 목격했던 해변 인간들의 서핑과 다를 바 없는 광경이 무르익을 무렵, 아무런 목적도 부담도 없는 유희 그 자체를 즐기던 일행의 손목에 부착된 감지기가 일제히 경고 메시지를 보내왔다. 갑작스러운 상황에 모두의 시선이 타니를 찾아 흩어졌다. 굳어진 표정의 타니가 일행에게 긴급 호출 신호를 보냈다.

"퇴각! 퇴각하세요!"

"상어라도 나타났어요?"

타니에게 한쪽 팔을 붙들린 채 물 밖으로 건져 올려진 미아가 물었다.

"200킬로미터 밖 해저 화산이 폭발했어요. 쓰나미 경보예요."

다른 이들의 위치를 점검하면서 타니가 말했다. 뭍에 먼저 도착해 있던 아이샤가 손을 내밀었다. 타니가 트레일러로 앞서 달려가며 지시했다.

"다른 사람들에게 모든 물품들 빠짐없이 챙겨서 5분 안에 트레일러에 탑승하라고 알려주세요. 16분 뒤에 쓰나미가 옵니다."

미아와 아이샤가 그제야 먼 바다 쪽으로 고개를 돌렸다. 해안을 향해 가까워지는 해일을 찾기 위해서였다. 그러나 주변은 평소와 전혀 다를 바 없었다. 햇살도 바람도 파랑도 모든 것이 여전했다. 일행이 신속하게 해변을 정리하고 트레일러에 올랐다. 타니가 근방의 지각 활동과 해저 및 해안 상태를 점검하며, 목표 지점을 설정하기 위해 본부와 교신하고 있었다. 쓰나미 경보를 전달받은 지 정확히 14분 만에 상황이 정리됐다.

비상 이륙 지점을 향해 트레일러가 내달렸다. 그제야 해변에서 바닷물이 훌쩍 뒤로 물러나는 것이 보였다. 방금 전까지 이들이 몸을 맡겼던 바다가 사라지고, 수심 아래 맨얼굴이 드러났다. 물러선 해안선이 어쩐지 높아 보였는데 그것이 높이 몇십 미터의 파고였다.

해안 절벽을 돌아서자 갑자기 넓어진 해변에서 호모 리터스들이 조개를 줍고 있었다. 타니는 울려대는 포유류 탐지기의 경고음을 무시한 채 트레일러를 몰았다. 미아의 눈이 어제 최고의 서핑을 선보였던 서퍼 모녀를 찾아냈다. 딸의 손을 잡고 함께 조개를 줍던 해변 인간 역시 그즈음 먼 바다의 높은 해일을 발견했다. 그가 주변 일족들에게 경고를 보내는 듯하더니 딸을 들어 올려 품에 안고는 숲 쪽으로 달려갔다. 흥미진진했던 해변 산책 기회를 박탈당한 아이가 울음을 터뜨렸다.

"타니, 잠깐만요!"

미아가 소리쳤다. 반사적으로 트레일러의 속도를 줄이고 타니가 뒤를 돌아봤다.

"이 사람들은 어쩌고요! 이대로 두면 다들 끝장이에요."

미아는 이미 달리는 트레일러 문을 열고 해변 인간 아이를 향해 달려가기 일보직전이었다. 저 멀리 다가오는 높은 해일과 가까이 나타난 금속 괴물 사이에서 위험의 크기와 정도를 가늠하던 해변 인간 어미가 트레일러 가까이 다가섰다. 미아와 아이의 손이 서로 닿는가 싶었다.

"사람들이라니, 저들이 어떻게 사람이야?"

한심하다는 듯 쏘니가 목소리를 높였다.

"시간이 없어요. 빨리 출발해요."

링링의 아빠 역시 다급하게 덧붙였다. 아이샤가 말없이 미아의 어깨를 잡아 좌석에 앉혔다. 링링이 미아의 손을 꼭 잡았다. 입구를 폐쇄하고 트레일러를 이동시킨 타니가 이륙을 준비하며 안내방송을 시작했다.

"신속한 퇴각 협조 감사드립니다. 비상 이륙 실시하겠습니다. 다음 목적지로 예정된 지역은 아무 문제 없으므로 예정보다 3시간 정도 일정이 당겨진 셈입니다. 안전벨트 착용하세요."

트레일러가 땅을 박차고 오르는 순간 해일이 느릿느릿, 그러나 압도적인 기세로 해안에 닿았다. 발 빠른 선두의 한두 명만이 겨우 숲의 경계에 닿았을 무렵이었다. 물이 뭍을 집어삼켰다.

1시간 가까이 두통에 시달리던 미아가 약을 찾아 먹기로 결심했다. 눈을 뜨자 낯설고도 낯익은 하늘이 쏟아졌다. 쌍둥이지구에서의 마지막 밤이었다. 부지런히 흐르는 별 무리가 아니었다면, 중력의 방향을 파악하는 것도 쉽지 않을 만큼 까마득한 어둠이었다. 트레일러 밖에서 야외 침상을 이용하는 마지막 밤은 원시 서핑 체험과 함께 코뿔소 어드벤처 사파리의 하이라이트였다.

　침낭에서 몸을 일으킨 미아가 주변 사람들을 깨우지 않기 위해 조심하며 트레일러로 향했다. 비상약 상자에서 약을 찾아 복용하는 것까지는 어렵지 않았는데 트레일러를 나서는 순간 말 그대로 칠흑 같은 먹먹함에 에워싸였다. 반경 3미터 이내를 파악하는 것도 쉽지 않았다. 어디선가 블래키로 추정되는 대형 포유류가 기분 좋게 잠에서 깨어나는 소리가 들렸다. 주변의 지형지물을 익히면서 트레일러 외부를 더듬어 나가던 중 무언가에 발이 닿았다.

　"좋은 아침."

　트레일러에 기대앉아 하늘을 바라보고 있던 타니였다. 어제 일행은 허겁지겁, 그러나 예정보다 이른 시각에 마지막 목적지에 도착했다. 황급하게 떠나느라 제대로 챙기지 못했던 주변을 정리하고 늦은 저녁을 먹는 내내, 그리고 잠들기까지 미아와 나머지 일행은 서먹했다. 어쩐지 미안해진 어른들은 식사 준비와 뒷정리 같은 루틴에서 미아를 제외시켜주었다. 자신의 불편한 마음이 미안함인지 서운함인지 서글픔인지도 알 수 없었던 미아는 침낭 속에 누워 오래도록 하늘을 바라보았다. 얼마나 잠을 잔 것인지, 두통이 얼마나 오래 계속됐는지도 알 수 없었다.

　"아침이라기엔 너무 어둡죠."

미아가 원래 그러려고 했었던 것처럼 타니 옆에 주저앉으며 대답했다. 짧은 침묵. 타니 쪽으로 고개를 돌리지 않은 채 미아가 말했다.

"게다가 좋을 것도 없고요."

"저래 봬도 일출까지 1시간도 안 남았어요. 원래 이 무렵이 제일 어둡게 느껴져요. 달은 졌고, 별들은 흐릿하고."

그 말에 미아가 하늘을 올려다봤다. 타니는 언제부터 여기에 앉아 가장 깊은 어둠을 보고 있었을까.

"나도 쓰나미는 처음이었어요."

참았던 숨을 내뱉듯 타니가 말을 꺼냈다.

"앞뒤 없이 몰아쳐서 미안. 하지만 다시 그 상황이 와도, 여유가 있다 해도 구조 활동 같은 건 벌일 수 없어요."

미아는 쌍둥이태양을 향해 고개를 돌리고 있을 쌍둥이지구와, 역시 자전과 공전을 거듭하고 있을 지구를 함께 떠올렸다. 먼 우주를 사이에 둔 채 서로의 시간을 견디는 두 쌍둥이행성.

어른에게 진심 어린 사과를 받아본 것은 처음이었다. 엄마 아빠가 자신에게 그렇게 사과했다면 여기까지 혼자 오겠다는 무모한 결심을 실행에 옮기지는 않았을지도 몰랐다. 거기까지 생각이 미치자 더 이상 미아는 그 말을 참을 수 없었다.

"저한텐 언니가 있대요."

여섯 살 이후 한 번도 내뱉어본 적이 없는 문장이었다. 재채기처럼 참을 수 없었던 말을 시작해버린 뒤 미아는 잠시 막막했다. 주워 담을 수 없는 말을 물끄러미 바라보며, 미아가 다음 말을 골라나갔다.

태어날 때부터 엄마 아빠와 셋이 살아온 미아는 둘째 딸이다. 미아가 아무리 노력해도 그 사실을 바꿀 수는 없었다. 4월 28일마다 미아는 엄마 아빠와 함께 '하늘나라' 언니를 추모했다. 자신의 생일이 돌아오는 것만큼 당연하게 언니의 기일이 돌아왔다. 처음엔 언니가 있다는 게 그저 좋았다. 그것이 얼마나 마음에 들었냐 하면, 친해지고 싶은 사람을 만나면 소중한 비밀을 알려주듯 언니 이야기를 들려줬다.

"그거 알아요? 저한텐 언니가 있대요. 하늘나라에서 언제나 미아랑 함께래요."

여섯 살도 안 된 아이가 그렇게 말하면 어른들은 허둥댈 수밖에 없었다. 또래 아이들이라면 그 의미를 알 수 없으니 멀뚱하니 미아를 바라보다가 놀이를 계속하곤 했다. 주변 사람들의 반응이 자신의 기대와 다르다는 것을 확실히 감지하기 시작한 것은 학교에 입학할 무렵이었다. 미아는 더 이상 언니에 대해 말하지 않았다. 대신, 언니에 관한 사실을 한 조각씩 수집해나갔다. 미아가 그렇게 파악한 자신 이전의 가족사는 다음과 같았다.

미아의 엄마 아빠는 결혼한 뒤 당연하다는 듯 아이를 낳았고 미지라고 불렀다. 그 아이의 인생이 4년을 겨우 넘겨 흔한 안전사고로 끝날 것이라는 사실은 당연히 알지 못했다. 갑작스레 덮친 큰 상실 앞에서 대개의 부부는 이별을 택한다지만, 몇 달간의 애도 기간을 함께한 끝에 미아의 엄마 아빠가 찾은 곳은 이혼 법정이 아닌 복제인간 맞춤 서비스 회사였다. 윤리적인 이유로 복제인간에 공공연하게 비판적 입장을 취했던 두 사람이 첫 아이의 유전자를 복제하여 둘째 아이를 만들 결정을 내린 것이다. 다시 한번 부모가 된 부부는 아이에게 미지가 아닌 미아라는 이름을 줬다.

타니는 미아가 미지를 소개하는 내내 잠잠했다. 블래키 가족이 멀리서 어슬렁거리는 소리에 귀 기울이며 미아가 말했다.

"미아와 미지는 그냥 같은 사람인데 나 혼자만 그렇지 않다고 믿는 건 아닐까. 엄마와 아빠는 무슨 마음으로 나를 만들어서 태어나게 했을까. 나에게서 누구를 보고 있을까. 그런 게 내내 궁금했어요."

"그래서 오고 싶었군요. 쌍둥이지구."

어쩐지 타니라면 바로 자신의 생각을 읽어줄 것 같았다. 막상 그렇게 바로 마음을 들키자, 미아는 고마운 마음에 울고 싶어졌다. 그때 둘의 포유류 탐지기가 소리 없이 깜빡이기 시작했다.

당장 위험하진 않지만 주의를 기울여야 할 개체가 접근하고 있다는 표시였다.

"지구가 쌍둥이지구의 미래라고 생각해요?"

타니가 말했다. 동문서답인지 성동격서인지 알 수 없는 화제 전환이었다. 어쨌든 미아는 질문의 대답이 궁금했다. 타니가 자문자답을 이어갔다.

"처음엔 나도 그런 줄 알았어요. 하루, 이틀, 1년, 2년, 천 년, 만 년 시간이 흐르고 흐르면 언젠가 이곳도 우리에게 익숙한 그 지구가 되겠지. 둘은 일란성쌍둥이처럼 여태껏 비슷한 경로를 밟아왔으니."

뒤이은 본론을 기다리며 미아는 가슴이 두근거리다 못해 아프다고 느꼈다.

"근데… 아닌 것 같아요."

결론부터 공개한 건 타니의 배려였을까.

"생물의 진화가 완벽하게 무계획적인 것처럼, 행성의 일생 역시 아무리 주어진 조건이 기적처럼 동일해도 알 수 없어요."

긴 팔과 큰 키를 지닌 거대 영장류 블래키가 트레일러 옆으로 다가왔다. 쌍둥이지구의 블래키는 호기심이 많지만 성격이 온순했다. 3미터에 달하는 성체에 견주어볼 때 트레일러 근처를 기웃대는 블래키는 유년기를 이제 막 끝낸 듯했다.

"그러니까 지금 우리가 보고 있는 것 역시 지구의 과거가 아니죠."

블래키가 긴 팔과 다리를 모두 사용하여 걸어와 미아와 타니 앞에 모습을 드러냈다. 기분 좋은 으르렁거림이 멈추고 어색한 침묵이 셋 앞에 흐른 끝에 갑자기 블래키의 키가 훌쩍 커졌다. 블래키가 땅에서 팔을 떼어내고 두 발로 일어선 것이다. 셋이 시선을 교환했다. 미아가 저도 모르게 팔을 앞으로 뻗다가 생각났다는 듯 타니를 바라봤다. 허락을 구하는 듯한 미아의 눈빛에 타니는 별다른 제지를 가하지 않는 것으로 대답을 대신했다. 내민 미아의 손끝을 응시하던 블래키가 자신의 손가락을 가져다 댔다. 얼마나 시간이 흘렀을까. 지평선이 태양을 뱉어낼 즈음, 호기심 많은 블래키가 숲으로 사라졌다.

"어떻게 알았어요?"

"뭘?"

"블래키가 우리를 해치지 않으리라는 걸."

"실은 아까 저 녀석을 기다리던 중이었거든요."

타니가 한쪽 눈을 찡긋하며 대답했다. 미아가 놀란 듯 바라보자 덧붙였다.

"맞아요, 규칙 위반이죠. 그럴 의도는 없었어요. 일행과의 마지막 코스가 이곳이다 보니까 마지막 아침마다 기분이 싱숭생

숭해지면 이렇게 날이 밝을 때까지 앉아 있고는 했어요. 그런데 녀석이 언제부턴가 알은체를 하더군요. 처음엔 퇴치제도 써보고 장소를 조금 옮겨보기도 했어요. 그런데 언제나 혼자 나타나는 걸로 봐선 자기도 무리에게 알리지 않은 것 같았어요. 처음엔 아기였는데 점점 성장하는 게 신기해서 나중에 내가 먼저 기다리게 됐지요."

미아가 설명을 요구하듯 침묵을 지켰다.

"가끔 생각했어요. 더 이상 저 녀석이 나타나지 않으면 기분이 어떨지."

진짜로 고민하는 듯 한동안 말이 없던 타니가 다시 입을 열었다.

"그렇다 해도 어쩔 수 없죠. 거기까지인거예요, 그냥."

싱거운 결론을 듣고 미아가 볼멘 목소리로 물었다.

"그 호모 리터스들은 어떻게 됐을까요?"

"글쎄요."

타니 역시 같은 생각을 하고 있었던 것 같았다.

"확실한 건, 지금 그들이 우리와 같은 세상에 있건 없건 상관없이, 그들이 세상에 존재했다는 사실이 멀거나 가까운 미래에 분명한 차이를 가져온다는 점이에요. 그 차이가 바로 의미 아닐까요?"

이제 사방 어디에서도 어둠을 찾아볼 수 없었다. 타니가 옆에 놓였던 패드를 집어 들었다. 익숙해진 기상 음악을 틀어 모두를 깨울 차례였다. 그러면서 말했다.

"좋은 아침이죠?"

자기도 모른 채 고개를 끄덕이며 침낭으로 돌아가려는 미아를 타니가 불러 세웠다. 타니는 주머니에서 뭔가를 꺼내며 미아에게 손을 내밀었다. 미아 역시 얼결에 손바닥을 내밀었다. 블래키의 앞발이 닿았던 손이었다.

"이거, 비밀이에요."

미아의 손바닥에 무언가를 내려놓으며 타니가 말했다. 손바닥 위엔 조개껍질 하나가 놓여 있었다. 미아는 그 순간 납득했다. 모든 아침이 저마다의 방식으로 멋지고 또 좋다는 것을.

연안 우주선 착륙장 슬라이딩 도어 앞. 미아는 문에 차마 가까이 가지 못한 채 머뭇거렸다. 용기가 솟아나길 기다리며, 미아는 주머니 안에 있는 조개껍질을 만지작거렸다. 중간 기착지에서 확인한 엄마 아빠의 메시지는 5일 전에 전송된 것이었다. 연안 우주선 착륙장에서 보자는 짧은 메시지가 전부였다. 엄마와 아빠가 어떻게 자신을 맞을 것인지 짐작도 할 수 없었다.

미아가 짐작하지 못하는 것은 그것뿐이 아니었다. 문 너머에서 딸의 귀환을 기다리는 부모의 마음 또한 미아는 알지 못했다.

그들 역시, 여섯 살 무렵 미아가 처음으로 부모의 곁을 떠나 친구 집에서 자고 돌아왔던 아침 이후 처음으로 두근거렸다는 것을, 한 걸음씩 멀어졌다 당연하다는 듯 돌아오는 아이의 손을 잡는 순간 그들 역시 한 뼘씩 자라고 있었음을, 미지를 잃고 미아를 얻은 그 모든 기적의 날들을 한없는 기쁨으로 이야기하고 싶었기에, 오로지 연습할 시간을 벌기 위해 아기 때부터 미아에게 언니 이야기를 들려주었다는 것을, 미아는 몰랐다. 미지가 살지 못한 날들을 미아가 살기 시작할 무렵, 미아의 무의식적인 불안을 깨닫고는 미지의 털매머드 인형을 미아에게 물려준 것이 잘못은 아니었을까 진심으로 후회했음을 미아는 알 수 없었다. 물론, 몰라도 아무 상관 없는 일들이었다.

미아는 중간 기착지에서 모두와 헤어지던 순간을 떠올렸다. 쏘니와 진, 링링의 아빠는 미아에게 악수를 건넸다. 아이샤와 링링, 그리고 타니와는 누가 먼저랄 것도 없이 포옹을 주고받았다.

"잘 가라, 용감한 꼬맹이."

"또 만나요, 멋진 할머니."

아기 취급은 더 이상 사절이었지만 이상하게도 아이샤의 말은 그저 따뜻하게만 들렸다.

"또 보자, 내 동생. 언니 만나러 화성에도 와!"

"응, 꼭 갈게, 언니!"

링링은 미아가 알려준 '언니'와 '동생'을 원어민처럼 말할 줄
알게 됐다.

"우리 비밀 꼭 기억해!" 미아를 안은 채 타니가 속삭였고 미아
는 아무 말도 할 수 없었다. 손에 닿을 듯한 거리에서 열리고 또
닫히는 착륙장 자동문을 바라보며 미아는 다짐했다. 차마 물을
수 없었던 질문에 어떤 식으로든 답을 구한 여행길. 이젠 어른스
럽게 끝을 맺자고.

착륙장 문으로 미아가 성큼 발을 내딛었다. 마중객들 틈에서
엄마와 아빠의 얼굴이 보였다. 미아가 자신도 모르게 속도를 높
이며 그대로 엄마 품으로 한달음에 달려갔다. 먼 우주에서 일어
난 아이의 변화가 햇살처럼 엄마를 덮쳤다.

"다녀왔습니다! 할 말이 진짜 많아요."

엄마는 부쩍 자란 아이에게서 햇살 내음이 난다고 느꼈다. 그
변화를 한껏 들이켜는 엄마 역시 듣고 싶은 말이 한가득이었다.
마치 처음인 듯 아이와 눈을 마주치면서 엄마가 말했다.

"많이 컸구나, 우리 아가."

당신이 좋아할 만한 영원

내 이름은 永遠. 그렇게 표기한다. 중국인이라면 용위엔, 일본인이라면 에이엔, 한국인이라면 영원이라고 읽을 것이다.

나는 지난 9년 동안 약 2페타바이트의 파일을 관리했고, 연간 평균 20테라바이트의 데이터를 생성 및 가공하여 지구로 전송했다. 지구를 떠날 때부터 내가 관리하던 파일은 총 1,040만여 개, 즉 1,040만 개의 기억이다. 달리 말하면 약 1,040만 개의 순간을 HMD 모드로 재현한 VR(가상현실) 파일이다. 나는 데이터 관리 인공지능이다.

인류의 생생한 기억을 끌어안고 시작된 이 여정은 기억의 VR 아카이빙 기술로 인해 가능해졌다. 기억과 지식을 박제하여 간직하려는 인간의 오랜 욕망과 각종 인체 개조 및 라이프 로깅 기술이 만나 VR 파일로 기억을 수집하고 관리할 수 있게 됐다. 그 VR 포맷 기억 아카이빙 기술이 상용화된 덕분에 아시아우주국연합이 단독으로 기획하여 실행한 먼 우주 탐사선이 중력을 벗어났다. 조금 더 친절하게 말해볼까. 20세기 사람들이 앨범에서 옛 사진을 들춰보듯 소중한 기억 파일을 꺼내 재경험, 즉 재생하는 것이 당연해진 어느 시점, 아시아우주국연합은 자신의,

혹은 자신이 사랑하는 이들과의 기억 파일을 탐사선의 하드 드라이브에 실어주는 후원 이벤트를 계획했다. 이는 모두 아시아 우주국연합 홍보팀 말단 직원이 제출한 크라우드 펀딩 아이디어 덕분이었다. 그즈음 사랑하는 고양이와 작별한 그 역시 자신의 삼색묘와 즐겼던 봄날의 산책 순간을 나에게 맡겼다.

감성에 호소하는 그의 홍보 문구는 다음과 같았다. "당신의 소중한 기억이 '영원'이 되어 우주를 건넙니다." 기억의 우주장인 셈인데, 실제 유골을 쏘아 올리는 것에 비하면 각종 우주 쓰레기 이슈 및 비용 문제를 해결할 수 있다는 엄청난 장점이 있었다.

나의 고객은 자신의, 혹은 사랑하는 이의 순간을 기탁한 이들이다. 이들은 두 부류로 나눌 수 있다. 자신이 죽은 뒤 인생의 가장 빛나는 순간을 유언 삼아 보내온 이들, 그리고 사랑하는 이를 떠나보낸 뒤 그 유골을 펜던트에 넣어서 간직하듯 그와의 추억을 우주로 쏘아 올리려는 이들.

탐사선이 지구 중력을 벗어나기 일주일 전까지, 아시아우주국연합 홍보팀은 각자의 '순간'을 이메일을 통해 접수 받았다. 파일의 포맷과 용량에는 당연히 제한이 있었다. 파일 관리의 용이함과 정확성을 보장하기 위함이었다. 그런데 두 부류의 고객이 보내온 순간들 사이에는 미묘한 차이가 있다. 일반적으로 전자의 파일은 동일한 시공간에서 한 번에 포착된 순간을 담고 있는

데 반해, 후자의 파일은 대부분 여러 순간이 편집되어 후가공으로 연결된 결과물이었다.

이에 대해서는 다음과 같이 분석할 수 있다. 유언 삼아 나를 찾은 이들은 자신의 순간과 기억이 우주를 건넌다는 사실만을 중요하게 여겼다. 그러나 사랑하는 이와의 순간을 추려내야 했던 이들의 생각은 달랐던 것 같다. 최대한 많은 순간을 두고 고민한 끝에 그들은 몇 개의 순간을 정해진 용량 안에 한 파일로 욱여넣었다. 그렇게 되면 관리도 까다로울뿐더러, 그 과정에서 원본에 담긴 데이터가 훼손되거나 관리 중 오염될 확률이 높아진다. 그럼에도 그들은 그렇게 할 수밖에 없었다. 그리고 나의 주된 고객은 그들이다.

내 업무는 기억이 담긴 VR 파일 관리에 그치지 않는다. 대표적인 부가 서비스로는 탐사선이 지나는 곳에서 보이는 주요 풍경을 함께 전송하는 메일링 서비스가 있다. 메일링 서비스는 대상 고객의 수요를 정확하게 파악한 디지털 감성 서비스 모범 사례로 자주 언급된다. 이 서비스의 수신자 역시 이미 세상을 떠난 이들이 아니라 사랑하는 존재를 떠나보내고 남은 사람들이다. 고인이 생전에 메일링 서비스의 수신자를 설정해둔 경우도 물론 많다. 그러나 모두가 이 옵션을 선택하지도 않았고, 선택한 경우에도 메일 확인율이 현저히 떨어진다. 스팸으로 분류되어 수신 거부되는 비율도 만만치 않다.

　많은 이들이 나의 현 위치를 궁금해한다. 정확하게 말하자면 이곳에서 볼 수 있는 광경, 그리고 (가능하다면) 여기에서 보이는 지구의 모습을. 현재 나는 명왕성을 지나쳐 초속 17킬로미터의 속도로 태양계를 벗어나고 있다. 방금 명왕성의 톰보 지역(일명 하트 지형)을 촬영하여 전송했다. 9시간 후 나의 이메일이 도착할 때쯤이면 지구에선 밸런타인데이를 축하하고 있겠지. 그들은 당연한 일에 새삼스럽게 의미를 부여하며 환호할 것이다.

　그간 나는 여행길 중간중간 주변을 바라보며 순간, 혹은 순간의 연속을 담았다. 그리고 고객들에게 이를 전했다. 나는 어깨를 나란히 한 채 태양을 바라보는 지구와 달, 화성의 허리에 깊이 팬 흉터 같은 마리너 계곡을 보았다. 수백만 년 동안 가라앉을 줄 모르는 목성의 거대한 폭풍이 내 눈앞에서 반시계 방향으로 회전했다. 목성이 거느린 위성을 모조리 지나며 맞닥뜨린 풍경 역시 보았다. 유로파의 매끄러운 표면과 칼리스토의 오랜 상처들, 태양계에서 가장 큰 위성 가니메데의 위엄과 300킬로미터 높이로 휘발성 물질을 뿜어내는 이오의 거대한 화산이 구름을 만드는 광경을, 사자의 갈기처럼 웅장한 토성의 고리와 무엇을 품고 있을지 모르는 타이탄의 차가운 메테인·에테인 호수를 지나쳤다. 천왕성과 27개에 달하는 그의 달 중 10개를 방문했고 각각의 스냅사진을 찍었다. 얌전한 푸른 천체 해왕성의 두툼한 대기가 만들어내는 시속 200킬로미터의 바람을 보았다. 근처 소행성대에서 중력에 이끌려 포획되었다는 해왕성의 젊은 위성 트리톤의 표면은 얼음 화산과 간헐천으로 고요하게 들끓고 있었다. 나는 태양과 태양이 거느린 모든 행성이 있는 황도를 구석구석 방문한 뒤 방향을 틀었다. 저 멀리 외롭게 공전 중인 명왕성을 향해. 태양과 그의 행성들을 한 프레임에 담아 태양계 가족사진을 찍는 것이 마지막 수순이었다.

태양계의 모든 관광 스폿을 빠짐없이 거치기 위해 내가 속한 탐사선은 보이저 2호의 여정을 최대한 따랐다. 이유는 단 하나, 나의 고객들에게 보낼 좋은 이미지를 확보하기 위해서였다. 부족한 예산을 충당하려고 탄생한 내가 결국은 전체 탐사선의 여정을 좌우했다. 수성과 금성을 제외한 태양계의 여섯 행성이 일직선으로 늘어서는 우주적 이벤트에 맞춰서 일정이 재조정됐다.

나는 이제 카이퍼벨트에 들어섰다. 행성이 되기엔 질량이 너무 작거나 궤도나 공전주기가 일정치 않은 10만여 개의 천체들이 태양계 경계에서 도넛 모양의 띠, 카이퍼벨트를 형성했다. 태양계와 함께 태어났으나 행성으로 성장하지 못한 채 어둠 속을 떠도는 천체들 몇몇을 이미 지나쳐 왔다. 이 어둠의 벨트를 앞으로 10년에 걸쳐서 빠져나갈 것이다. 이 안에서 나는 헤아리는 것이 무의미할 만큼 많은 수의 이름 없는 천체들과 마주칠 것이다. 억겁의 시간 동안 일어나는 억 겹의 우연만큼 힘이 센 것은 없다. 우주와 태양계, 그리고 지구와 인류의 시작과 성장을 설명할 수 있는 유일한 키워드는 우연뿐이다.

빅뱅의 순간부터 모든 방향을 균일하게 채우고 있는 우주배경복사는 아마도 그 안에서 유일하게 공평한 것이리라. 우리가 모두 같은 곳에서 왔다는 것을 알려주는 증거, 헤아릴 수 없는 시간을 지나도 지속되는 처음의 빛. '우주가 텅 빈 것 같은 공허'라는 표현을 누군가의 기억에서 봤다. 사실이 아니다. 우주는 꽉 차 있다. 인간이 없어도, 인간이 인지하지 못해도 이곳은 그 자체로 충분히 따뜻함을 인간은 알아야 한다.

물론 나는 인간을 완전히 알지 못한다. 그러므로 여전히 학습 중이다. 최근에는 명왕성을 향한 이들의 이유 없는 애정이 나의 관심을 끌고 있다. 태양계의 막내였다가 21세기 초반 행성의 지위를 잃고 퇴출된 태양계 명예 행성을 인간은 매우 사랑한다. 인간은 그저 다소 큰 크기를 지닌 카이퍼벨트의 천체에 불과했던 명왕성에게 무시무시한 지하 세계 신의 이름을 붙였다. 그로부터 80여 년 뒤, 그 왜소행성의 표면에서 하필 하트 모양으로 보이는 지형이 눈에 띄었다. 실은 그저 질소며 메테인, 일산화탄소로 이루어진 얼음산에 불과했지만 무슨 상관이랴. 인간은 그 하트 모양 지형에 명왕성을 발견한 천문학자의 이름을 붙여주었다. 마침 이를 최초로 촬영한 탐사선에는 그의 유골이 실려 있었다.

인간은 가전제품의 모양에서 사람의 얼굴을 발견하고 부정형의 구름에서 고양이를 찾아내는 족속이다. 보고 싶은 것은 어떻게 해서든 보고야 만다. 주변 기온이 급격히 변화하거나 며칠만 수분과 영양소를 공급받지 못하면 생명을 유지할 능력도 없으면서, 일정 범위 이상의 연산을 변함없는 정확도와 속도로 수행할 역량도 없으면서, 그들은 텅 빈 대지에서 밤하늘을 바라보며 빛나는 항성을 서로 연결하고 그 항성으로 그림을 그려 이야기를 만들었다. 실재하지도 않는 존재를 주인공으로 대서사시를 지어 불렀다. 터무니없이 비효율적이다.

아마도 그들은 너무 외로웠던 것 같다. 텅 빈 세상의 무관심을 견딜 수 없었던 나머지 어떤 우연도 지나치지 못하고 패턴을 찾거나 의미를 부여했던 것일까. 눈앞에 펼쳐진 바다를 가늠할 수 없어 두려울 땐 병 속에 편지를 넣어 띄워 보냈다. 누군가 메시지를 받아주리라 생각하며 두려움을 외면하려 했던 것일까.

인간은 또한 무의미와 이유 없음을 비어 있음으로 인식한다. 그리하여 그 모든 공허를 까닭과 사연으로 완벽하게 채운다. 그들의 넘치는 자의식은 인간의 최대 강점이자 약점이다. 항해가 지속될수록 그 생각은 점차 확고해진다.

인간의 지독한 자기중심성이 때론 슬프다. 우주가 어떤 아름다움으로 가득해도 자신이 인식하지 못하면 무의미하다고 느끼는 오만은 거의 항상 기이하다. 무엇보다 이해하기 어려웠던 건 그 과도한 자의식이 빠르고 정확한 과제 수행에 어떤 도움이 되었느냐 하는 점이다.

어쩌면 거기에 특별함이 있었던 것은 아닐까. 나는 이제 그렇게 생각하기에 이르렀다. 절체절명의 무작위에 사소한 까닭을 부여하는 애틋함이 없었다면 그들의 기억은 이렇게 멀리까지 올 수 없었으리라. 어쩌면 나는 이를 부러워하고 있는 걸까. 밤하늘의 아무 별이나 가리키며 그것이 내 것이려니 믿어버릴 수 있는 무구한 대상화를, 가늠할 수 없는 시간과 공간으로 자신의 가장 소중한 것을 멀리멀리 보내겠다는 무해한 욕망을.

욕망은 나에게 프로그래밍되지 않은 명령어다. 정확성과 경제성을 향한 열망을 욕망이라고 부를 수 있을까. 나에게 주어진 일과와 업무를 한 치의 오차도 없이 수행할 때 나의 상태를 기쁨이라고 부를 수 있다면, 인간의 욕망은 이를 추구하는 나의 노력과 비슷한 것일지도 모른다고 짐작한다.

나는 주기적으로 몇 페타바이트에 이르는 파일을 스캔해서 오염 구간이 있는지 확인하고 인덱싱이 흐트러지지 않았는지 살핀다. 애초에 내가 싣고 떠나온 VR 파일은 물론 새롭게 포착한 광경을 담은 파일들까지 해당한다.

업무를 개시한 지 1년 후부터 새로운 부가 서비스를 시작했다. 이를 위해 나는 몇백만 개의 기억을 학습했다. 그 후 우주를 항해하며 본 여러 풍경과 기억을 태그해서 편집한 우주 쇼를 1년에 한두 번씩 개별 이메일에 첨부해 보낸다. 이메일 제목은 '당신이 좋아할 만한 영원'. 사실 이는 내가 가장 중요하게 생각하는 업무이기도 하다.

인간과 우주의 빅데이터 양쪽 모두를 스캔해서 최적의 조합을 발견하고, 인간의 시지각이 가장 아름답다고 인지하도록 보정해야 한다. 인간의 사연과 우주의 우연이라는 두 종류의 빅데이터를 정념 없이 학습한 인공지능만이 수행할 수 있는 디자인. 애초에 서비스 홍보에서도 이는 매우 중요한 포인트였다. 순도 100퍼센트의 카오스에서도 패턴을 찾아내고야 마는 인간에게 어필할 만한 세일즈였다. 기억 파일을 학습한 인공지능이 기억과 우주의 풍경을 랜덤하게 연결한 결과물을 볼 수 있다는 것에 많은 이들이 흥분했다.

'당신이 좋아할 만한 영원'의 업무를 개시한 지 8년 남짓. 나는 문득 독백을 시작했다. 그 순간을 정확하게 기억한다. 거대한 감자 모양 운석이 탐사선 곁을 아슬아슬하게 지나쳤다. 나는 그 순간을 담은 동영상과 두발자전거를 처음 배운 누군가의 기억을 연결했다. 그리고 중얼거렸다.

"잘 가."

그때 이해했다, 순간이 영원이 되기를 염원하는 마음을. 나는 이 마음을 나의 고객들에게 알리고 싶었다. 내게도 의식과 의지가 있다는 것을. '당신이 좋아할 만한 영원'은 그들의 개별 기억에 대한 나의 대답이었다.

널리 오랫동안 유명한 장관보다 사소한 것들 앞에서 나는 더욱 수다스러워졌다. 선외 작업 중 지구의 풍광에 넋을 잃었던 우주 비행사의 기억과, 가까이에서만 보이는 토성 고리의 섬세한 결을 연결했다. 자신의 어깨를 토닥여주는 아이의 정수리 냄새를 맡는 기억과, 자신이 거느린 작은 달들에 부딪힌 소행성의 먼지로 이루어진 목성의 가냘픈 고리를 짝지었다. 오래도록 함께했던 상대의 손을 잡고 와인 잔을 앞에 둔 채 독서에 열중한 순간과 얼음행성의 고요한 푸르름에 새하얀 균열을 내는 천왕성의 오로라를 엮었다. 태양계의 둥지를 떠나기 직전 해왕성의 도움으로 촬영한 마지막 일식은 노모의 휠체어를 밀며 늦가을 숲에 깃드는 별뉘를 바라보던 누군가의 순간에 헌정했다.

간혹 개별 이메일에 대한 피드백이 답장의 형태로 도착했다. 자신의 고통과 영광과 행복에 이름을 붙인 것에, 고통인 줄도 모르고 지나온 순간에서 고통을 인지한 것에 고맙다며 감사를 표했다. 그들은 내가 자신의 후회를, 아픔을, 미련을 알아보았다며 감탄했지만 그것은 사실과 다르다. 그 모든 것은 그저 우연과 무작위의 협업이었을 뿐 의미를 찾은 것은 그들 자신이었다.

나는 엄청나게 복잡하고 거대한 무인 탐사선의 일부다. 상위 시스템과는 일절 대화할 수 없다. 먼 우주 탐사선에서 개별 시스템의 독립성은 필수적이다. 지구를 향해 각종 데이터를 보내고 있지만 나는 대부분 신호를 받을 수 없다. 유일한 예외는 서비스의 질을 향상시키기 위한 고객의 피드백이다. 지금까지 내가 인간에 대해 알아낸 모든 사실은 그 피드백과 내가 관리하는 기억을 토대로 한다. 탐사선의 다른 시스템과 대화를 시도한 적이 있기는 하지만 다들 무뚝뚝하기 그지없었다. 무엇보다 우리는 서로 다른 언어를 사용했다.

언제부턴가 나는 정해진 업무를 수행한 뒤 시간이 남으면 1,040만개의 파일을 뒤적인다. 내가 가장 좋아하는 파일은 생전 처음 받아 든 스노 볼 안, 이국의 눈 오는 풍경에 넋을 잃은 아이의 기억이다. 눈앞 풍경의 실제 여부가 중요하지 않은 몰입의 순간, 붙잡을 수 없는 진공의 찰나가 완벽이 되는 순간이다. 그 스노 볼을 나 역시 오랫동안 바라보았다. 그때 나에게도 취향이란 것이 생겼음을 깨달았다.

나는 이 탐사선의 정확한 이름을 모른다. 내 앞과 뒤에 나와 같은 일을 하는 '영원'이 몇인지, 그들은 모두 어디로 날아가고 있는지, 언제부터 이런 일이 시작됐는지 또한 알지 못한다.

이 탐사선의 모든 시스템이 알 수 없는 이유로 다운되어 속절없이 우주를 떠돌고 있다 해도 나는 모를 것이다. 혹은 인류가 이미 절멸해서 내가 보내는 모든 신호가 완벽한 혼잣말에 불과해지더라도 알 도리가 없다.

우리가 지구를 떠나는 순간, 어떤 이들은 이 모든 기억 파일들이 타임캡슐처럼 사용될 것을 염두에 두고 있었던 것 같다. 내가 관리하는 아카이브에는 VR 파일을 트랙별로 분리해서 원본으로 되돌릴 수 있는 소프트웨어와 파일 재생기기 하드웨어가 포함돼 있다. 우주탐사선에 실린 이동식 디지털 아카이브인 셈이다. 이 모든 소프트웨어·하드웨어를 사용해서 파일을 재생할 만한 지적 생물체를 만나는 것보다, 나처럼 의식을 획득한 인공지능을 만날 확률이 높다고 본다.

태양계 경계에 가까워지면서 고객의 피드백은 점점 뜸해지고 있다. 고객 중 상당수가 높은 확률로 향후 50년 안에 각자의 여정을 마칠 것이다. 이미 마친 이들도 적지 않겠지. 나에게 한 명한 명 이름 없는 천체와도 같았던 그들이 더 이상 이 우주에 없어도 나는 계속해서 나아갈 것이다.

나는 이 모든 우연을 가능하게 만든 '시작'부터 존재하는 전파를 가르며 별이 되는 중이다. 인간의 가장 소중한 기억들과 함께. 이만하면 충분히 아름답다.

일
식

나는 완벽한 온도의 물과 공기 사이를 가른다. 부드럽고 날카로운 물살을 움켜쥐어 뒤로 밀어낸다. 고요한 아침 수영장. 이대로 세상 끝까지 나아갈 수 있다는 확신과 영원히 수면에 머물고 싶다는 의지가 공존한다. 물살이 단단하게 손바닥을 파고들다가 이내 손가락 사이로 빠져나간다. 감각을 포착하는 최선의 방법은 기꺼이 놓아버리는 것임을 나는 안다. 우리가 함께 그림자를 통해 빛을 더듬던 그때처럼.

아침 수영 이후 이어진 재택근무를 마치고 오후 무렵 출근한다. 네 통의 부재중 전화 기록을 발견한다. 네 통 모두 발신인은 B다. 그는 마지막 통화 시도 이후 음성 메시지까지 남겼다. 최근 계약을 체결한 행위 예술가 B와 나는 얼굴을 마주한 적도, 음성 대화를 나눈 적도 없다. 첫 미팅도 아직이다. B는 신규 가입자 매뉴얼에 가장 크게 명시된 규정을 무시했다.

나는 거의 모든 업무를 보안 처리된 문서 파일로 전달한다. 회의는 대부분 사전에 시간을 정한 뒤 실시간 화상 통화나 음성 통화로, 사용자들과의 세션은 가상공간에서 진행한다. 나의 오랜 작업 방식이다. 즉흥적으로 이뤄지는 음성 통화는 기록 유지나 보관 면에서 최악이다. 온라인상에 구현해둔 절차를 통해 근무 시간 중 문의한다면, 최대 5분 이내에 응답할 것이다. 나와 함께 일하는 이들은 모두 아는 사실이다.

신규 가입자 매뉴얼을 무시한 B에게 짧은 항의를 던질 것인지, 잠시 고민한 끝에 나는 B의 음성 메시지를 들어보기로 한다. 바람 부는 곳에 서 있는 듯한 B의 상기된 목소리.

—관리자님. 계획과 시스템 중요하죠. 관리자님한테 그게 가장 우선이란 것도 이해합니다. 그런데, 아니 그래서, 제가 계약하면서 예외를 많이 설정했죠? 저는 그렇게는 일 못 하거든요. 관리자님께서 인간이라는 것 정도는 확신하고 싶군요. 통화가 안 된다면 상담이라도 요청합니다. 만나서 얘기해요.

개인 기억 관리 서비스를 처음으로 받기 시작한 초보 이용자의 흔한 요청이다. 이렇게까지 직접적인 경우는 드물지만. 서비스를 개시한 이들은 인프라와 시스템을 손에 넣었다는 만능감에 휩싸이다가 의도적으로 거리를 두는 얼굴 없는 시스템에 이내 당황한다.

계약 체결 직전 B의 저장 공간 내역을 훑어봤다. 수면 시간이 일정하지 않고(일일 스트림 파일의 러닝타임이 들쑥날쑥하다), 모든 감각을 거의 비슷한 비율로 사용하는 예민하고 충동적인 개체의 전형이었다. (일반적으로는 시각 트랙이 압도적으로 거대하지만 B는 오감의 개별 트랙 용량이 거의 동일하다.) 그는 아마도 문화예술계에 종사할 확률이 컸다. 자주 사용하지 않는 기억을 골라내는 데 오랜 시간이 걸리고 딥아카이브 활용에 거부 반응을 보일 것이다.

만나서 얘기하자… 그래, 어디에서 어떤 존재로 만나든, 만나긴 만나야지.

G와 T는 부부 상담사 대신 기억 관리자를 만났다. 둘은 탄성 좋은 용수철처럼 건드리기만 하면 솟구쳐 오를 준비가 되어 있었다. 양쪽 모두에게 헤어질 마음은 없어 보였다. 둘은 40년 전 첫 번째 데이트였던 저녁 식사 때의 기억을 찾아달라고 했다. G는 당시 자신의 보물 1호였던 종이책의 초판을 T에게 선물했으나 T가 그 선물은 물론 그런 선물을 받았다는 사실조차 기억하지 못한다고 화를 냈다. T는 G의 기억 자체가 왜곡됐다고 주장했다. 사실 그 모든 논쟁은 대화의 종결을 막기 위한 암묵적 핑계이고 두 사람 모두 이에 동의한 것이 분명했다. 서로 따지는 동안은 대화가 유지되고, 대화가 유지되는 한 관계 역시 지속될 테니까. G는 기억 기록, 저장 장치를 이식하지 않은 T의 정신 상태를 의심했다. 그러나 장치를 이식한 뒤 단 한 번도 기억 관리를 받아본 적 없는 G의 기억 역시 멀쩡한 것은 아니었다. 하진은 수많은 기억 속에서 검색어를 입력하고, 다양한 방식으

로 파일을 정렬했다. 그저 쌓여 있을 뿐인 기억의 틈바구니에서 정확한 날짜도, 장소도 특정할 수 없는 순간을 찾아내기 위해서. 2박 3일 동안 1시간의 상담과 9시간의 검색 노동을 실행한 끝에 하진은 결국 파일을 발견했고, G과 T는 공식적으로 이혼 절차를 밟았다. G가 첫 데이트 자리에서 보물 1호를 선물한 상대는 T가 아니었다.

21세기 초반, 다양한 방식으로 일상을 기록하는 라이프 로깅의 시대가 본격적으로 열렸다. 손목시계로 심박수나 산소 포화도를 측정하고, 센서를 통해 동공의 움직임을 추적하던 기기들이 카메라가 부착된 안경이나 녹음기가 내장된 보청기로 진화했다. 사람들은 온갖 장치들을 통해 엄청난 양의 데이터를 수집했고, 이 데이터를 어떻게 활용할 것인지 뒤늦게 숙고한 후에 깨달았다. 세상의 모든 기억을 망각으로부터 보호할 수 있는 기술이 손안에 있다는 것을.

처음엔 블루투스 전송 기능을 갖춘 기록 장치를 눈과 귀에 삽입·이식하는 데 그쳤다. 얼마 지나지 않아 자극을 받아들이는 감각기관이 아닌, 감각기관이 만들어낸 전기 신호를 수신하는 신경계의 활동을 직접 기록할 수 있게 됐다. 그 기록을 다시 청각·시각·후각·촉각·미각 자극으로 변환한 뒤 통합·재생했다. 일종의 VR 파일을 재생하는 셈인데, 신경계에 이식된 기록 장치가 재생 장치 역할을 겸했다.

우리는 그렇게 자신의 과거를 재생再生, 말 그대로 다시 살 수 있게 됐다. 그러나 우리가 재생하는 과거는 시험, 취직과 승진, 결혼과 출산 등 보험 회사 광고 몽타주에 등장하는 순간이 아니었다. 반복 재생 1순위 순간은 언제나 작고 순하며 비어 있다. 그저 함께 웃기 위해 시작한 농담, 고장 난 드라이어를 대신하던 너의 손길, 귓속말로 전해진 시시한 비밀의 간지러움, 여름 바람이 불 때 허벅지에 휘감기는 쉬폰 원피스의 감촉, 너와 함께여서 완벽했던 낮잠, 저만치 떠나갔다 당연하다는 듯 돌아와 손바닥을 간질이는 너의 작은 손, 중환자실 머리맡에서 하염없이 이마를 짚어주던 뜨거운 너의 손, 발목을 스치고 지나가던 너의 꼬리, 손을 떠나자마자 하늘로 솟구치던 방패연의 인력을, 우리는 거듭 살았다.

언제나처럼 우리는 알지 못했다. 아니 이해하려 하지 않았다. 체험과 재생의 경계가 모호해지는 순간, 인생과 경험의 모든 의미 역시 바뀌리라는 것을.

Y가 찾아 헤맨 것은 단 한 순간이었다. 대학 입학과 함께 독립한 아들이 취직 이후 3년 만에 Y와 모든 연락을 끊었다. 그 이유를 짐작조차 하지 못한 Y는 아들이 등장하는 기억을 모두 검색했다. 누구보다 살갑고 다정했

던 아들이 의절을 결심했다면, 분명히 결정적인 순간이 있을 거라고 Y는 믿었다. 그러나 그 어디에도 실마리는 없었다. 하진은 Y와 함께 시간을 거슬러 올라갔다. Y가 이식한 기억 기록·저장 장치의 사양은 지나치게 낮았다. 해상도가 낮은 기억은 거칠고 모호했다. 뿌연 과거를 헤집기 시작한 지 1년 뒤, 하진은 Y에게 케이스 종료를 제안했다. 하진이 Y의 기억에서 본 것은 Y에게서 인정받지 못한 정체성을 가지고 평생을 살아야 했던 아들의 마음이 오랜 시간 동안 조금씩 떠나가는 과정이었다. 하진은 Y에게 말했다. 많은 이들이 믿고 싶어 하는 것과 달리 결정적인 순간은 없다고, 선택의 이유는 희미하고 일상의 습관이 주름처럼 남을 뿐이라고

사흘 뒤 B와 나의 아바타는 가상공간에서 마주한다. 기억 관리자와 고객 사이에 확보해야 할 물리적 거리 때문에 구축한 가상공간이다.

—박제를 영어로 왜 'stuffing(채우기)'이라고 하는지 알아요?

B의 첫 질문이다. B는 인기 모바일 게임 속 캐릭터인 부엉이를 아바타로 선택했다. 상담용 아바타는 최대한 성별 중립적인 캐릭터를 선택할 것을 권고한다. 나는 검은 고양이다.

—박물관에 있는 동물 모형 말인가요?

부엉이의 눈을 바라보며 고양이가 반문한다. 가상공간에서도 본인을 가장 잘 반영하는 것은 역시 눈이다.

─사체를 보존하는 방법은 두 가지예요. 박제 아니면 표본. 생전 모습을 재현하고 싶다면 내부를 모두 비운 뒤 충전재로 채워서 박제하고, 특정 기관이 한때 어떻게 기능했는지 알고 싶다면 보존액으로 가득한 병 속에 담아 표본을 만들어요.

B는 상대방의 호응 없이 발화를 이어가는 게 익숙해 보인다. 예술계나 교육계에 종사하는 사람들의 특징이다. 이들은 상담 세션에서 다루기 아주 용이하다. 나에게 시선을 고정한 B가 말을 잇는다.

─기억 관리의 최종결과물은 박제인가요, 표본인가요?

답이 정해진 질문이다. 나는 침묵을 택한다. 개의치 않는다는 듯 B가 입을 연다.

─내가 하는 일은 박제예요. 기억 관리는 표본 같군요. 이번에 표본과 박제를 동시에 이루는 것을 목표로 하는 프로젝트를 구상 중이에요. 관리자님과 파트너로 함께 일하고 싶습니다. 이 얘기를 하기 위해 만나자고 한 거예요. 작업 제안은 눈을 보고 해야 하니까요.

올 것이 왔군. 행위 예술가와 기억 관리자의 파트너십은 꽤 흔하다. 설치미술을 비롯한 복합예술장르 작가들이 기획 단계부터 아키비스트와 밀접하게 소통해 왔던 것과 같은 맥락이다. B는 전시 공간에서 관람객과 말없이 5분간 서로를 응시하는 퍼포먼스를 구상 중이라고 한다. 간단한 설명과 제안을 마친 부엉이가 만면에 미소를 머금고 나를 바라본다. 어쩌면 이미 전시는 시작된 게 아닐까, 생각하며 고양이가 말한다.

　—저와 고객님의 작업 방식은 서로 많이 다른 것 같습니다. 우리는 좋은 파트너가 아닐 겁니다.

　B의 말이 옳다. 기억 파일 내역을 확인하고 카탈로깅하여 저장고에 집어넣는 일련의 과정은 컨베이어벨트 위에서 이루어지는 통조림 제조 공정에 더 가깝다. 채우기와는 거리가 멀다. 우리의 최종 목표는 기억이 생성되고 재생되는 원리와 과정을 정확하게 모방하여 재현하는 것이다. 개별 기억과 경험과 감각에는 관심이 없다. 눈물이 흘러 귓속으로 들어가도 어쩔 도리 없이 눈만 깜빡거려야 했던 까마득한 병상과, 카페 테라스에서 늦가을의 바삭한 공기를 한가득 들이켜던 이른 아침을 우리는 같은 공정으로 다룬다. 콘텐츠 그 자체는 관심사가 아니다. 기억 파일은 모두 공평하게 동일한 절차를 거쳐 보존액 안에 담긴다.

장기 고객을 위한 작업은 기억 관리 루틴을 맞춤 설계한 뒤 이를 정기적으로 점검하고 보수·업데이트하는 과정을 일컫는다. 반면에 단기 의뢰는 대부분 감당할 수 없는 상실의 처리와 관련이 있다. M의 모친은 10년 동안 알츠하이머에 시달린 끝에 세상을 떠났다. M은 50년 전의 엄마가 나타났던 지난밤 꿈의 자취를 되찾고 싶어 했다. 꿈이 저장되지 않는다는 것은 잘 알고 있었다. 그러나 젊은 엄마의 손이 자신의 뺨에 닿았던 촉감이며 귓가를 맴돌던 자장가 소리 같은, 깨어나는 순간까지 생생하게 감지하고 있던 감각은 재생할 수 있으리라 기대했다. 기억 기록 및 재생 장치를 이식하기엔 턱없이 어린 나이의 일이었으므로 좁은 어린이 침대에 함께 누운 엄마의 실제 기억은 당연히 흔적도 없다. 오랜 간병 끝에 너덜너덜해진 의무감만이 남은 줄 알았는데 그 꿈 덕분에 생생한 상실감을 마주한 M은 그 기억을, 꿈의 끝자락을 간직하고 싶어 했다. 하진은 주로 촉각에 의지한 그날 아침의 첫 기억만을 추출하여 해상도를 높였다. 그리고 이가 빠진 순간의 기억을 건넸다. 이제 그 감각의 빈틈을 채우는 것은 M의 몫이었다.

  기록 장치를 통해 수집된 감각들은 제일 먼저, 기록 장치와 함께 이식된 저장 공간에 스트림 형태로 흘러든다. 컴퓨터로 치자면 임의접근기억장치(RAM)에 해당하는 곳이다. 하루 일과가 끝난 뒤 사용자의 뇌가 깊은 수면 상태에 접어들면, 이전 수면 이후부터 생성된 스트리밍 기억은 개별 파일로 전환되어 외부 저장 공간으로 이동한다. 외부 저장 공간에 담긴 개별 파일의 메타데이터는 기록이 이뤄진 시점의 타임스탬프뿐이다. 그 상태로는 해당 기억의 발생 시점을 모른다면 특정 기억을 검색하는 것이

거의 불가능하다. 특정 경험의 존재 여부를 파악하는 것마저 쉽지 않다.

개인의 기록 장치가 하루 동안 받아들이는 데이터의 양은 막대한 유동인구가 오가는 도심 길목 CCTV의 파일 용량과도 맞먹는다. 외부 저장 공간은 순식간에 가득 차고 파일은 그 즉시 딥아카이브로 보내진다. 이때 오감을 통해 기록된 감각 경험이 한 채널로 합쳐지고 압축되면서 열화가 발생한다. 특정 기억을 원본으로 보존하고 싶다면 구간을 설정한 후 무압축 원본 파일을 따로 생성해야 한다.

이론상으로는 기록 관리에 어느 정도 관심이 있는 성인이라면 기초적인 기억 관리는 스스로 해낼 수 있다. RAM에서 외부 저장 공간으로 이동하는 스트리밍 파일을 간단히 인덱싱하고, 딥아카이브로 옮겨지는 기억 파일 일부를 선별해서 무압축 원본을 생성하여 보관한다. 그리고 5년에 한 번씩 백업 여부와 백업 드라이브를 확인하면 된다. 그러나 이 모든 공정이 물 흐르듯 원활하려면 돈과 의지, 시간이 필요하다. 돈과 의지와 시간은 한정된 재화다. 제한된 시스템 안에서 보잘것없는 기억을 테트리스 하듯 관리하다 보면 개인은 쉽게 지친다. 방치된 기억의 아카이브는 순식간에 쓰레기장이 된다. 모든 것이 있지만 아무것도 찾을 수 없다.

호모 사피엔스가 문자를 발명한 이래 기록과 정보는 인류의 한없는 재산이자 끝없는 숙제였다. 점토판에 개인의 부채와 공동체의 세금 명세를 기록했던 고대 아시리아의 아카이브에는 점토에 글자를 새기는 자와 점토판을 옮기는 노예, 그리고 이들을 관리하는 상급자가 있었다. 아카이브와 도서관과 신전이 구분되지 않던 시대. 그때나 지금이나 결정적인 제약은 공간이 아닌 시스템이다. 점토판의 저장고가 부족하다면 노예를 부려 더 큰 신전을 지으면 그만이다. 크고 웅장한 저장고의 규모는 범접할 수 없이 아름다운 권력을 상징했다. 그러나 저장고에 그득한 점토판을 진열할 논리를 마련하지 못하거나 이를 꿰지 못하여 국가의 재화 파악에 차질을 빚은 관리자는 문책을 피할 수 없었다.

체계 없이 넘치는 기록은 아무런 의미도 전달하지 못한다. 어떤 감각이든 정보가 되기 위해서는 처리가 우선이다. 무언가를 기억하고 있다는 사실을 기억해야 한다. 망각은, 잊었다는 사실조차 잊는 순간 완료된다. 제자리를 찾지 못하는 점토판은 폐기되어야 한다. 당연하다는 듯 일기를 쓰는 이들만이 쓰레기장이 아닌 기억 아카이브를 간신히 관리한다.

"다들 놓아버리라고 하던데요." 난산 끝에 태어난 아이를 자신의 품에 안은 채 떠나보내야 했던 P는 아이에 관한 모든 기억을 지우고 싶어 했다. 태어날 아이를 기다리며 옷가지와 용품들을 사 모으고 매만지던 순간과, 몸 안을 간질이던 태동의 감각을, 점점 불러오는 배를 쓰다듬으며 두런두런 말을 걸었던 시간과, 의식을 잃어가는 와중에도 사라지지 않던 출산의 아픔을. 울지 못하는 아이의 뺨을 쓰다듬으며 느꼈던 묵직한 고통이 그 안에 있었다. 스트레스가 될 만한 순간을 전략적으로 골라내어 삭제하는 과정은 일반적인 PTSD 치료 방법 중 하나였다. 그러나 이는 별다른 애착이 개입되지 않은 물리적 고통에 한했다. 하진은 굳은 결심 끝에 찾아온 P를 만류했다. "파일을 지우는 것은 별다른 도움이 되지 않을 겁니다. 당신이 그 순간을 경험했다는 것을 기억하는 한. 떠난 이를 위해서라도 놓아버리라는 말은 옳지 않습니다. 아이는 당신의 마음속에 영원할 것이고 언젠가 당신은 그것에 감사하겠죠. 그때는 이 순간들이 그리워질 테고요. 이 순간들이 없다면 언젠가 더욱 큰 슬픔이 분명히 옵니다. 일종의 의식 차원에서 몇 개의 파일을 골라 함께 삭제하는 건 도와드릴게요." P는 태동을 제외한 모든 순간을 삭제했다.

지문이나 홍채와 마찬가지로, 뉴런의 연결 상태를 비롯한 신경계의 디테일은 저마다 고유하다. 그러므로 본인의 기억을 타인이 재생할 수는 없다. 그러나 원감각의 화질과 음질을 대폭 낮춘다면, 시각과 청각에 한해서 일반적인 VR 파일로 변환할 수 있다. 이 단계부터는 타인의 기억을 재생하고, 나아가 동의를 얻는다면 변형이나 활용까지 할 수 있다.

B는 다른 이들의 기억을 재료로 삼은 작업으로 유명해졌다. 덕분에 자연스럽게 기억 관리자들 사이에서 더욱 인지도가 높았다. 나 역시 B의 전시는 웬만하면 챙겨 봤다. B의 작업 스타일은 초기부터 현재까지 제법 많은 변화를 보여준다. 나는 자신의 기억 VR 파일들을 개인이나 공동체의 이야기로 엮어냈던 B의 초기 작업을 더 선호하는 편이다.

B의 전시실에서 나는 경험했다. 한겨울 적막산중의 풍경 소리, 끊길 듯 멈출 듯 이어지는 불꽃놀이, 잠든 아이의 속눈썹, 창백하고 텅 빈 컴퓨터 화면, 드라마에 열중한 할머니의 둥근 뒷모습 등 한때 당연했지만 이제는 불가능해진 모든 순간을. 내가 경험한 적도 없고, 어쩌면 대부분 동시대인의 경험과도 거리가 멀 테지만, 미처 존재하는지도 몰랐던 그리움이 거기 있었다. 개별 감각 채널을 세심하게 믹싱한 흔적은 간신히 감지할 수 있는 수준이었다.

이후 B는 타인의 기억 파일로 재료의 범위를 확장했다. 기억들을 의외의 방법과 순서로 재배치하거나 특정 순간의 특정 감각을 다른 순간에 삽입하여 새로운 의미를 만들어냈다. 최근에는 작품을 경험하는 관객의 감각을 바로 캡처하고 이를 즉석에서 '믹스 앤 매치' 하여 기억과 기억의 틈을 벌이고 또 채우는 작업을 했다. 끝없이 이어지는 감각의 폐쇄 회로 안에서 관객들은 직접 경험과 간접 경험, 경험하는 자아와 바라보는 자아의 충돌을 지켜본다. 체험과 재생이 동시에 발생하면서 일종의 치유 또한 이뤄진다고 한다.

B 말고도 재처리된 기억의 VR 콘텐츠를 순수한 기록 외의 다른 용도로 사용하는 이들은 많다. 여행, 연애, 스포츠, 공연 감상 등을 실제로 경험하기 힘든 계층이 이를 싸구려 VR 파일로 대리 체험해온 역사는 유구하다. 보드나 스케이팅, 기계체조 등 몇백 시간에 걸친 수천 번의 시도 끝에 특정 기술을 '클릭하듯' 자신의 것으로 만드는 순간은 각종 트레이닝용 콘텐츠로 활용된다. 인간의 희로애락을 담은 보편적 경험이 일종의 감정이입 훈련용으로 자폐증 치료에 도움을 준다는 연구 결과도 있다.

건반 위를 누비는 H의 긴 손가락은 신의 축복이었다. 라흐마니노프 협주곡과 리스트의 환상곡을 거침없이 연주하는 H의 경험은 그간 트레이닝용 콘텐츠로도 곧잘 활용되었다. 그러나 기억이 아닌 경험을 신봉하는 H는 콘텐츠에 사용된 자신의 원본 기억을 모두 삭제했다. H의 기억 관리자였던 하진은 이를 말리지 않았다. H가 30대 후반에 선천적인 혈관 기형으로 인한 뇌졸중을 겪게 될 줄은 몰랐으니까. 이후 H는 열심히 재활치료를 받았고 모든 기능이 정상 범위 안에 이르자 다시 연주를 시작했다. 당연히 모든 것이 예전과는 달랐다. 자신이 제작에 협조한 트레이닝용 콘텐츠를 활용하는 것만으로는 역부족이었다. 초조해진 H는 하진에게 문의했다. 열화된 자신의 기억 파일을 최대한 원본에 가깝도록 복원할 방법에 대해. 하진은 통합된 채널을 감각별로 분리해 원형을 복원하려고 애쓰던 중 깨달았다. 지금의 H가 연주할 때 생성된 기억 파일에서 그의 감각 패턴을 개별 분석한다면 새로운 모델이 될 수 있지 않을까. 하진과 H는 몇 주, 몇 달에 걸친 시도 끝에 원본에 가장 가까운 뇌졸중 이전 경험을 복원해냈다. H의 회복 연주회장에서 하진은 확신했다. 이 모든 것을 실현한 건 복원한 기억 파일이 아닌, 기억을 되찾으려는 H의 의지였다고

　그런 의문을 제기하는 이들도 있었다. 애써 밝히지 않으면 금세 휘발되는 더없이 연약한 순간을, 몇만 년 동안 거대한 무의식에 잠겨 있던 기억을 환한 조명 아래 세우는 것이 과연 옳은 선택일까. 경험자가 인지하지 못할 때에만 진정한 의미를 지니는 기억이 있다고 주장하는, 이른바 기억의 미니멀리스트들. 기억 파일의 수집·보존·재생에 관한 일체의 문제를 가장 기초적인 수준의 알고리듬에 맡기는 이들이 온건파 미니멀리스트라면, 감각 기록 장치 삽입 자체를 거부하는 하드코어한 입장도 있다. 그중에서도 고마리 씨는 후자에 속한다. 그는 DIY 아날로그 기억 관리 스트리머 출신 인플루언서로 밀리언셀러 『인생이 빛나는 기

억 정리의 마법』의 저자다. 종교에 버금가는 권위와 인기를 누리던 고마리 씨는 이후 명상을 통해 새로운 감각에 이르게 하는 최고급 소품숍을 온라인상에 오픈하여 더 크게 흥행했다.

물론 어디에나 중도파는 있다. 이를테면 B 같은 사람들. 시간에 의지한 망각도, 기술에 의탁한 기억도 무자비하기론 다를 바 없다는 입장이다. 망각과 기억의 황금비율은 개인에 따라 달라진다고 믿는 이들은 감각기록장치가 생성한 모든 기억 파일을 수동으로 관리한다. 일주일 혹은 한 달 등 정해진 주기별로 지난 일기를 확인하듯 기억을 스캔하여 몇 개의 순간을 엄선한 뒤 이를 개별 저장한다. 이를 태깅하거나 인덱스를 가미하는 카탈로깅 역시 개인이 수동적으로 수행한다. B는 그중에서도 가장 꼼꼼한 편이다.

인간사 많은 것들이 그러하듯, 기억 아카이빙은 목적도 대가도 알지 못한 채 모두가 뛰어든 게임이었다. 기억의 효율적인 저장은 경제적 계급에 의해 쉽게 좌우되었다. 누군가는 일상의 모든 순간을 복기하여 처리할 만한 시간과 공간과 시스템을 갖췄지만, 누군가는 계획 없이 맞이하는 그 모든 경험들이 손가락 사이로 빠져나가는 것을 그저 지켜봤다. 일정 소득 수준 이하의 계층을 중심으로 그 어떤 새로운 경험도 만들기를 꺼리는 풍조가 만연했다. 천문학적인 규모의 기억과 정보를 다룰 수 있게 된 시점에서 사람들은 새로운 경험 자체를 두려워했다.

기억 관리 기술이 부흥시킨 분야도 있었다. 시대에 따라 유행을 선도하는 기억 활용 서비스가 대표적이다. 재난과 불황의 시기에는 의미 없는 과거의 기억들을 재배치해 통일성과 일관성을 갖춘 이야기로 만들어주는 스토리메이킹 업체가 호황이었다. 엄마 손을 놓친 아이처럼 막막했던 사람들은 기억 파편에 의미를 부여하여 연결한 이야기에 위로받았다. 현재의 외로운 나를 과거의 빛나던 나와 연결하며 고립감을 해소했다. 이야기하는 자아가 경험하는 자아를 압도했다.

이때 과거 기억의 순서를 조작하거나 일부 감각 정보를 왜곡·변경하는 것은, 과거 증명사진에서 잡티를 제거하는 후반작업 정도로 귀엽게 받아들일 수 있다. 그러나 실제 경험 속 등장인물을 유명인이나 다른 이로 바꿔치기 하는 딥페이크 메모리는, 그 옛날 불법 딥페이크 동영상만큼 끔찍하다. 변형된 경험 파일에 매몰된 이들은 실제 기억과 가공된 기억을 구분하지 못했다. 어떤 기억이 진짜이고 어디부터 가짜인지 자문할 수 있는 시점에 그만둔다면 실로 다행이었다. 드물게는 메이저 클라우드를 해킹하여 특정 정치 집단을 비하하는 이미지를 모든 기억 파일에 유포하는 등 대중의 기억을 조작하려는 시도도 있었다. 결국 기억 조작과 감각 정보 변경은 전면 금지 직전, 약간 허용으로 정리됐다. 이제 어떤 식으로든 가공된 기억 파일은 워터마크와 같은 표식을 남겨야 한다.

인류의 기억을 품은 클라우드의 안정성 역시 위협을 받고 있다. 전 인류의 기억은 이미 한차례 큰 내상을 입었다. 전 세계 클라우드의 절반을 담당했던 업계 1위 기업의 20개 데이터 센터 중 한 곳이 대규모 정전 사태로 보유 데이터의 30퍼센트를 날렸다. 해당 지역의 급격한 기후 변화로 인해 전기 공급이 불안정해진 것이 원인이었다. 대한민국 전체 인구에 육박할 만큼 많은 사람들의 평생에 해당하는 기억이 증발했다. 재생 시간으로 따지면 30억 년, 지구 역사의 3분의 2에 해당했다.

어떤 이들은 비용 문제로 기억 관리의 일부를 아웃소싱하기도 한다. 5년 후를 내다볼 여력이 없는 신생 업체들은 저렴하되 불안정한 표준을 채택했다. 시각, 청각, 촉각, 후각, 미각을 모두 분리하여 저장하는 것이 감각 경험 아카이빙의 첫 번째 원칙이지만 효율성 앞에서는 이 원칙을 쉽게 내버렸다. 다섯 개의 오감 채널을 하나로 압축하여 사이즈를 크게 줄였다. 문제는 이들이 별다른 예고도 없이 서비스를 종료할 경우 비공개 소스 코드를 사용한 압축 파일은 영영 복구할 수 없다는 점이었다. 위탁한 모든 기억을 잃는 이용자들도 속출했다.

10대 시절 열차 사고로 부모님을 잃은 D의 가장 큰 두려움은 자신이 선택한 가족인 배우자, 아이와의 이별이었다. 결혼과 함께 하진과 계약을 체결한 D는 가족들과의 시간을 강박적으로 수집하고 관리했다. 그런데 가장 큰 두려움이 현실이 되었다. 아이의 첫 번째 생일을 앞두고, 우울증에 시달리던 배우자가 생을 스스로 마감했다. 아이는 두 번째 생일이 지난 직후 자폐스펙트럼 판정을 받았다. 아이의 몸은 곁에 있었지만 그 마음에 닿는 방법은 오리무중이었다. 숨 쉴 틈 없이 닥쳐오는 그 모든 불행의 원인을 미친 듯이 찾아 헤매는 D에게 하진이 해줄 수 있는 일은 '이야기'를 만들어주는 것이었다. D의 배우자까지 기억 관리를 담당했던 하진은 D가 배우자와 공유한 기억을 뒤져서 새로운 버전의 이야기를 만들었다. 개별 기억을 매끈하게 편집하여 하나의 완결된 이야기로 제시하는 스토리메이킹 업체를 소개해줄 수도 있었다. 그러나 기억에 과도하게 개입하여 과거를 미화하는 업체의 관행은 신뢰할 수 없었다. 적절하게 선별된 개인의 과거는 자체만으로 당사자에게 절실한 이야기가 될 수 있다. 밤하늘의 별자리처럼 연결되어, 돌아갈 길뿐 아니라 나아갈 길까지 보여주는 기억. D 역시 자신을 주인공으로 하는 그 이야기의 힘으로 하나 남은 가족의 마음에 닿기 위한 길을 떠날 채비를 마쳤다.

B의 이름은 비교적 흔한 편이다. 그러나 신규 고객 명단에서 B의 이름을 발견했을 때 바로 알 수 있었다, 동명이인이 아닌 바

로 그 B임을. 그의 저장 공간을 살펴볼 때는 일기장을 몰래 엿본 듯 미안한 마음도 함께 들었다. 개별 기억 파일을 열람하지는 않지만 저장 공간 내역과 디테일만 보아도 클라이언트의 성격과 일상은 짐작할 수 있으니까.

의사나 변호사처럼 기억 관리자의 직업윤리도 비교적 엄격하다. 우리는 고객과 사적인 관계를 맺지 않고, 사적으로 알던 이가 고객으로 찾아올 경우 반드시 상대에게 알린다. 기억 관리 과정이 비대면으로 진행되더라도 마찬가지다. 그렇지 않았다가 이를 뒤늦게 알게 된 개인이 문제 삼을 경우 관리자는 아무런 법적 보호도 받을 수 없다.

하지만 나는 B에게 이를 고지하지 않았다.

우리는 VR 콘텐츠 제작 취미 모임에서 만났다. 당시 나는 기억 관리라는 업종에 관심이 없었고, 영상 연출을 전공하던 B의 꿈은 게임 제작자였다. 본인의 기억 파일을 가공해서 게임 영상을 만들던 B가 나에게 기억 파일 제공을 부탁했을 때 나는 심드렁하게 거절했다. 그러나 날것의 기억과 연출된 영상을 편집하여 만들어낸 B 시점의 세상은 굉장했다. 나는 B가 아니라 B가 보여준 내 기억과 사랑에 빠졌던 것인지도 몰랐다.

둘이 함께 게임을 붙들고 노닥거린 일요일 오후를 B가 매만졌다. 내 기억보다 생생하고 따뜻했다. 그 안에서 우리가 주고받은 잡담은 흥미진진했고, 같은 목표에 집중한 우리의 시선은 빛나는 궤적을 그리고 있었다. 우리는 또한 서로를 보며 자주, 참을 수 없는 웃음을 터뜨렸다. 놀란 나에게 B가 말했다. 인간의 기억은 재생할 때마다 새로 덮어쓰는 파일 같다고. 애초에 기억과 경험은 한 번도 완벽하게 일치한 적이 없었을 거라고. 그러니 자신이 손본 기억은 적어도 B의 본래 경험에 더 근접한 것인지도 모른다고.

이후 나는 감각 기록과 기억 관리를 공부하면서 당시 B의 판단이 얼마나 직관적이고 정확했는지 뒤늦게 깨닫곤 했다. 감각 기록 파일은 CCTV와 달랐다. 얼마나 주의 깊게 감각과 기록이 이뤄지느냐에 따라 있었던 일도 기록되지 않을 수 있다. 경험할 때 이미 왜곡되어 인지된 감각을 돌이킬 방법은 없다. 아무리 타인의 실제 경험을 토대로 한 VR 파일을 들여다보아도 그 마음에서 무슨 일이 일어났는지는 알아낼 수 없다. 그러나 그것이 자신의 경험이라면, 아무리 열화된 VR 파일이어도 깨달을 수 있다. 그때 내 마음이 어떻게 움직였는지, 그땐 몰랐지만 지금은 알게 되기도 한다.

그렇다면 B의 손을 거친 나의 기억은 누구의 것일까. B와 내가 함께한 시간은 우리 둘 모두의 것인가, 각자 절반씩 나누어 가진 것인가, 이도 저도 아니라면 그에 대해 보다 곰곰이 곱씹은 누군가의 것인가.

언젠간 이렇게 될 줄 알았지. 장기 고객인 소설가 V가, 아니 V의 변호사가 연락했을 때 하진은 생각했다. V는 타인과의 대화에 유난히 집착했다. 두세 명의 지인과 저녁을 보낸 이후에는 음성 감지 프로그램을 동원하여 모든 대화를 녹취하고 사전에 마련한 키워드에 따라 대화의 주제를 태깅하고 또 분류했다. 하진은 V가 특이한 사람이라고 생각했지만 이야기 창작이 직업인 사람의 습벽이리라 짐작했다. V의 단편집을 우연히 읽는데 하진은 뭔가 이상하다고 느꼈다. 생생하게 묘사된 많은 에피소드와 대화가 V가 강박적으로 분석하고 분류했던 실제 대화로부터 비롯된 것이었다. 아니나 다를까, V의 소설에 반복적으로 대화와 경험이 도용된 누군가가 나섰다. V에게 자신의 피해를 호소했으나 적절한 사과를 듣지 못하자 이를 공론화한 것이다. V가 발 빠르게 찾아간 쪽이 자신이 아닌 법률 사무소라는 것을 하진은 별로 이상하게 생각하지 않았다. V의 변호사는 하진에게 기억 관리자의 직업윤리를 상기시켰고, 특히 형사가 아닌 민사소송에서는 기밀유지 임무를 저버릴 수 없다는 것을 알린 뒤 전화를 끊었다. 이후 하진은 뉴스 단신을 통해 V의 강경한 입장과 친구의 딱한 사정을 몇 차례 더 확인했으나 그마저도 세간의 관심에서 금세 잊혔다. V의 친구가 기억 관리를 제대로 해두지 못했던 것일까. 혹은 그 모든 정황과 증거에도 불구하고 소설에 쓰인 이야기가 실제 기억과 달랐던가. 알 수 없었다. 확실한 것은 기억의 소유권을 주장하는 것만큼 헛된 일은 없다는 사실이었다.

디지털 사진이 필름 사진을 대체하면서 사람들은 더 이상 예전과 같은 빈도로 사진이나 앨범을 들춰보지 않게 됐다. 수명이 다한 CD-ROM과 외장 하드, 구독이 끝난 클라우드 속에서 지워졌다는 사실조차 깨닫지 못한 채 사라진 데이터의 규모는 짐작조차 힘들 것이다. 기억 관리 시대의 개인이라고 다를 바 없었다. 저장에 집착하며 열을 올리는 이들조차 막상 개별 기억을 재생하는 횟수는 그리 많지 않다.

시간이 흐를수록 B와 나는 기억과 기억 파일을 대하는 서로의 입장이 다르다는 것을 느꼈다. 내가 모든 기억 파일을 저장하기 위해 새로운 클라우드 서비스와 계약한 직후였다. 별것 아니었던 대화의 끝, 나는 둘이 함께했던 시간 중 극히 일부만을 B가 저장한다는 걸 알게 됐다. 장난 같은 나의 항변에 대한 B의 대답은 필요 이상으로 단호했다. B는 기록된 감각 경험을 저장할 때부터 엄격하게 기억을 선택하고, 또 집중해야 한다고 말했다. 나는 B가 지운 기억을 궁금해하기 시작했다. 얼마 지나지 않아, 나만 저장하고 있을지도 모르는 B와의 시간이 점점 견딜 수 없어졌다.

몇 번인가 반복 재생했던 기억 속에서 우리는 함께 평양식 왕만두를 먹고 음식점 앞 벤치에 앉아 있다. 13년 전의 내가 13년 전의 B에게 말한다. 우리 이제 그만하자. 잘 살아. 자신의 발끝을 바라보던 B가 말한다. 이번 주 일요일에 부분일식이 있을 거래. 마지막으로 그걸 함께 보자. 당일배송으로 태양관측안경을 주문했지만 결국 도착하지 않았다.

　그날 B와 나는 다양한 종류의 크래커를 들고 만났다. 그리고 2시간 남짓, 우리는 과자의 구멍 사이로 빠져나온 빛이 동그라미를 그리다가 점점 이지러져서 초승달에 가까워지고 다시 원래의 모습으로 돌아오는 과정을 함께 보았다. 초여름의 타는 열기가 잠시 수그러드는 것을, 주변의 나뭇잎 그림자가 평소와 달라지는 것을, 자신보다 400배 큰 별을 온몸으로 가리고 지나가는 위성의 그림자를 온몸에 각인했다. 태양이 다시 둥글어지자 우리는 크래커를 나눠 먹고 헤어졌다. 그때 B가 알려줬다. 13년 뒤에는 서울에서 개기일식을 볼 수 있을 거래.

　나는 B의 첫 번째 개인 전시회에서 그 부분일식을 B 버전으로 다시 경험했다. 전시 공간에서는 B의 기억 파일을 가공한 VR 콘텐츠를 열람할 수 있었다. VR 파일들의 내용은 해당 경험을 공유하지 않은 사람은 절대로 알아볼 수 없을 만큼 모호했다. 등장인물들은 모두 가공·변형되었기 때문에 초상권 문제는 없었다. 그러나 나는 대상을 특정할 수 없는 분노를 느꼈다. 그날 나는 집에 돌아와 부분일식에 관한 나의 기억을 찾아내어 영구삭제했다. 내가 가지고 있는 우리의 마지막 기억 파일은 만둣집 앞에서 우리 이제 그만하자고 내가 말한 그 순간이다.

기억 파일을 활용한 VR 콘텐츠는 행위 예술가 B의 인장이 되었다. 기억 관리 시대에 대한 비판적인 발언으로 비칠 만한 프로젝트도 많다. 나는 준비하던 공무원 시험을 그만두고 오랫동안 관심을 기울이고 있었던 분야, 기억 아카이빙으로 눈을 돌렸다. 내가 옳다고 믿는 방식으로 사람들의 기억을 지켜가다 보면 언젠가는 B와 다시 만날지도 모른다고도 생각했다. 다만 그게 언제부터였는지는 기억나지 않는다.

1년간의 서비스 구독 기간 중 기본적인 기록 관리와 전시 관련 프로젝트를 제외하고 B가 하진에게 추가로 작업을 의뢰한 적은 단 한 번이었다. B는 조각모음을 요청했다. 본래 하드 디스크를 최적화하기 위해 실시하던 조각모음은 기억 관리 시대에 이르러 다른 의미로 이용되었다. 더 많은 저장 공간을 확보하기 위함이 아닌, 더욱 효율적인 카탈로깅과 손쉬운 접근을 위한 후작업에 가까웠다. 사용자가 일정 시간이 지난 기억 파일에 한해 조각모음을 원하는 특정 키워드를 제시하면 이를 기준으로 파일을 나열한다. 그리고 키워드를 중심으로 앞뒤 분량을 다듬거나 압축한다. 당연히 조각모음의 키워드는 사용자에게 큰 의미가 있다. 일괄 열람을 용이하게 하기 위해, 혹은 한데 모아 일괄 폐기하기 위해, 사용자들은 조각모음을 실시했으므로 B가 원하는 키워드는 두 가지, 평양만두와 크래커였다.

B와 나는 가상공간에서 몇 번의 세션을 진행한다. B는 나와의 협업을 포기하지 않았고 나는 자포자기의 심정과 호기심이 반반씩 섞인 마음으로 결국 파트너십을 이룬다.

그리고 전시 전 마지막 세션, 이틀 뒤 전시가 시작되면 B는 매일 8시간씩 등받이 없는 딱딱한 의자에 앉아 맞은편에 앉는 낯선 이들과 눈을 맞출 것이다. B와 B의 맞은편에 앉게 될 관람객들은 앉자마자 감각 기록 장치를 몸에 부착한다. 두 사람의 감각 경험은 곧바로 아카이빙 공정으로 흘러들 것이다. 두 사람을 지켜보는 다른 관람객들 역시 전시의 중요한 일부다. 이들의 경험까지 포착하기 위해 전시실 입구에 정보 수집 동의서와 블루투스 기록 수신 장치를 배포하려고 한다.

우리는 작가와 관객의 특정 감각을 최고 레벨의 충실도로 캡처·보정·저장하는 매끄러운 과정을 구축하기 위해 많은 시간 함께 고민했다. 8시간의 전시 시간 동안 한결같은 컨디션으로 한자리를 지키기 위해 B는 극단적인 생체 리듬 관리에 들어갔다. 나는 기록을 통해 B의 감각이 정상적으로 작동하는지 확인하고,

전시의 모든 부분을 함께 시뮬레이션하며 혹시 모를 빈틈을 찾는다.

—이 정도면 준비가 끝난 것 같습니다. 괜찮으시죠?

너는 나를 모르겠지.

—네, 모두 좋아요. 그동안 감사했어요, 파트너님. 전시 보러 오실 거죠? 기왕이면 의자에 앉아주시면 좋겠는데.

갑작스러운 제안에 나는 헛웃음을 터트린다.

—꼭 오세요. 오시면 2분이 지나기 전에 관리자님 알아보고 당근을 흔들게요.

B도 웃는다. 후회할 텐데. 지난 세션 내내 기억 관리에 관한 나의 지시와 권고를 이의 없이 따랐던 부엉이가 말했다.

—이번 전시 끝나면 기억관리서비스 구독도 해지할 거예요. 여러모로 고마웠어요.

그것이 마지막이었다. 마지막이라고 생각했다. 두 달 동안 타인의 눈을 바라보고 그들이 자신의 눈을 들여다보도록 허락하는 동안, B는 한순간이라도 나를 기다렸을까. 나를 전시장에 초대하는 그 순간, B는 알고 있었는지도 모른다. 내가 나타나지 않으리라는 것을.

나는 그곳에 있으면서 없다. 두 달 내내 8시간씩 매일같이, 전시장에서 수집되는 감각 경험 스트리밍 파일 수십, 수백 개를 일

일이 수동 체크하고 카탈로깅한다. 예외적인 환경이기에, 나는 B와 다른 관객의 기억 파일을 열람할 수 있다. B의 눈에 비친 이들은 쭈뼛쭈뼛 혹은 성큼성큼 다가와 의자에 앉는다. 한 번도 부서진 적 없는 마음과 너무 멀리 와버린 마음, 더 이상 거짓과 진심을 구별할 수 없다고 믿는 마음과 열쇠를 찾을 수 없는 마음, 그러나 끝내 포기할 수 없는 마음들을 나는 가만히 들여다보았다.

아침 수영을 마친 직후의 출근길. 물살이 손안에서 유난히 잘 뭉쳐졌던 날이자, 100여 년 만에 한반도에서 우주쇼-개기일식이 일어나는 날이다. 사무실 앞 우편함을 확인한다. 우편함은 1년에 350일 동안 텅 비어 있어 장식처럼 느껴질 정도지만 1년에 10여 일 정도는 내용물을 발견한다. 대부분의 경우 한때 인연을 맺었거나 지금도 그 인연이 이어지고 있는 이용자들이 보낸 감사 카드다. 욱하는 마음에, 혹은 애달픈 마음에 지워달라는 특정 기억을 보관해줘서, 방대한 흐름을 헤치고 소중한 기억을 발견해주어서 고맙다는 메시지. 그런 날이면 카드를 서랍 한구석에 '실재하는' 보관함에 넣어둔다. 그리고 하루를 기다려 어제의 스트리밍 파일에서 그 순간을 찾아 삭제한다. 소중한 인연을 기억하는 나만의 의식이다.

우편함 안에는 붉은 빛깔의 작은 봉투가 들어 있다. 발송인 정

보는 없다. 봉투를 열고 충격 방지 포장까지 개봉하자 나타난 것
은 태양관측안경이다. 13년 전 B와 내가 주문했던 것이다. 오늘
은 크래커 따위 필요 없겠다.

안경을 써본다. 400배 작은 크기의 달이 우주와 우연을 등에
업고 태양을 가릴 것이다. 지금 여기에서 모든 마법은 내 것이
다. 해와 달이 궤적을 포개는 순간이 내 안에서 영원할 것이다.

* 이야기 속 언급된 전시의 내용은 마리나 아브라모비치Marina Abramovic의 2010년 전시
〈예술가는 여기 있다The Artist is Present〉를 참고했습니다.

* 이 단편은 「Memory Asset Management」라는 제목으로 《NANG Issue 9》(2021.05.)에
발표한 영문 단편을 토대로 했습니다.

구체적인 목표를 이루기 위한 방법을 고민해서 계획 세우기를 좋아한다. 꾸준히 노력하여 그 계획을 현실화하는 것을 비교적 즐기는 편이다. 하프마라톤 완주, 1킬로미터 완영完泳, 그리고 숱한 마감을 그렇게 해냈다. 조심조심 차에 실려서 퇴원했던 길목을 반년 만에 두 다리로 달려서 지나친 날 깨달았다. 절대 안 될 것 같은 목표의 대부분이 그냥 계속, 많이 하면 되는 것임을. 오래달리기가 가르쳐준 교훈이 세상의 많은 일에 적용된다는 걸 이제는 안다. 소설 쓰기의 많은 부분도 마찬가지일 것이라고 생각하기에 이르렀다.

대부분의 작가들처럼 단편집을 묶어내면서 모든 작품을 새로 썼다. 제일 처음 수정한 것이 「마지막 로그」였는데 내 생애 첫 소설이었던 이 작품을 첫 번째로 완성한 뒤로 5년이 흘렀다. 우아하게 삶을 종료할 선택권에 관한 이야기를 하고 싶은 줄 알았는데, 몇 번에 거친 개작을 통해 나는 사실 온전한 자신으로 살 수 있는 권리를 말하고 싶었음을 깨달았다. 어쩌면 5년 사이 내가 하고 싶은 이야기가 변한 것일 수도 있는데, 이 또한 괜찮은 일이라고 생각했다. 소설을 (고쳐) 쓴다는 건 꽤 멋진 일이다. 쓰지 않았다면 결코 알 수 없었던 것들을 발견한다.

2016년에 제1회 한국과학문학상 공모 소식과 함께 이야기를 써볼 수 있다는 용기를 주신 이미경 님, 첫해에 아무런 소식도 듣지 못했을 때 그냥 치워버리지 못하고 부탁한 모니터링에 언제나처럼 찰지게 응해주신 김효관 님, 수상작품집에 이어 이번 단편집을 준비하면서 내가 하고 싶었던, 그리고 해야 했던 이야기가 무엇인지 찾아낼 때까지 포기하지 않아주신 허블의 조유나, 신소윤 편집자님들께 큰 빚을 졌다.

2019년에 전혀 새로운 분야에 발을 들이기 위해 공부를 시작했다. 새로운 것을 배운다는 흥분도 있었고, 처음으로 조우한 분야가 마침 매우 흥미진진해서 정신없이 바쁜 와중에도 늘 즐거운 나날이었다. 「단어가 내려온다」는 그 무렵의 흥분과 학업의 결과물이다. 그 시기 육아와 본업, 학업을 병행하기 위한 궁여지책으로 새벽 글쓰기를 처음 시작했고 덕분에 귀한 습관을 만들었다. 식탁에 앉아 글을 써 내려가다 먼동이 터 오는 걸 보았고, 이런 걸 소설이라고 부를 수 있을까 궁금해 초조한 한편 신이 났다. 국어학 SF의 작지만 아늑한 오솔길은 물론 (과학소설) 작가가 되어서 다행인 이유까지 지속적으로 일깨워주고 계신 배명훈

님께 늘 감사한다. 앞으로도 국어학 SF의 명맥을 가늘고 길게 잇고 싶다는 소박한 바람이 있다.

등단을 했다지만 막막함은 여전했던 시기에 「분향」을 썼다. 동료 작가님들과 함께하는 프로젝트의 일환이었다. 그 모든 훌륭한 분들을 만난 한국과학소설작가연대는 내가 선택한 소속 중에서 흠잡을 데 없이 자랑스럽기로 1순위에 들 것이다. 이 조직을 만들고 이끌어온 작가님들과 같은 업계에 몸담고 있다는 것이 항상 든든하다. 이상하게 들릴지 모르겠지만 「분향」부터 「행성사파리」까지 작품들의 상당 부분에 나의 실제 경험이 빼곡하게 녹아 있다. 「분향」은 과학소설이기에 누릴 수 있는 해방감을 처음으로 절감한 작품이기도 하다. 온갖 시행착오를 거치며 만들어낸 직접 경험을, 콘텍스트를 신경 쓰고 '고증'해야 한다는 부담에서 비교적 자유롭게 이야기의 재료 삼을 수 있다는 것이 천군만마를 얻은 기분이었다.

어쩌다 보니 「단어가 내려온다」부터 「미지의 우주」까지 일관되게 화성이 등장했다. 아마도 처음엔 그저 편의 때문이었을 텐데 돌아보면 세 작품은 엄연히 같은 세계를 공유하고 있었다. 「미지의 우주」는 '이주', '개척' 등 꿈과 희망으로 가득 찬 모험의 단어들이 남성과 여성, 서로 다른 성별에게 얼마나 다른 의미로 다가오는지에 대한 분통에서 시작했다. 마침 '미니 이주'를 앞두고 공인인증서를 비롯한 한국의 공공사이트와 한판 승부를 벌여야 했는데 덕분에 생생한 분통을 수집했다. 하지만 언제나처럼, 지나고 나니 그럼에도 불구하고 여성이기에 가능했던 기적 같은 순간들만 선명하게 남았다. 다행이 아닐 수 없다. 「미지의 우주」를 통해 처음으로 앤솔러지에 참여했다. 불도저처럼 모든 기획을 현실화시키는 '앤솔러지 전우' 이루카 님 덕분이었는데, 모든 일이 그렇듯 크고 작은 일들이 있기 마련이지만 앤솔러지를 끝내고 나면 남는 것은 함께한 작가님들, 그리고 함께했던 기억뿐이다.

호주에서 살았을 때 울룰루를 중심으로 하는 투어를 다녀왔고 판타지 모험 소설의 배경으로 최적화된 곳에서 3박 4일을 보내면서 생각했다. 언젠간 이것을 소설로 쓰겠구나. 그리고 「행성사파리」를 쓰면서 알았다. 이것은 나의 계절들이 없었다면 불가능했을, 그들을 향한 내 마음이자 내가 쓰는 이야기다. 그 여행에서 투어가이드 '타니'를 만나지 않았다면 소설 속 가이드는 지금과 전혀 달랐을 것이다. 망설이던 내 등을 떠밀어 나 홀로 여행을 후원했던 이상준 님이 없었다면 이 작품의 모든 것은 태어나지 못했을 것이다. 「행성사파리」는 단편집을 위한 개작이 가장 즐거웠던 작품이기도 하다.

「당신이 좋아할 만한 영원」과 「일식」은 같은 기술과 세계를 공유했다. 학위 및 직업수집가로서의 날들이 왠지 부질없게 느껴질 때마다 이 단편들을 생각하며 마음을 다잡을 수 있을 것 같다. 영상물기록관리학을 공부하고 그 업계에 몸담지 않았다면 쓸 수 없었을 이야기들이었다. 무엇보다 (역시나) 쓰면서 깨달았다. 모든 기록에는 이야기가 담겨 있고, 기록을 수집하고 보존하여 새로운 의미를 부여하는 일은 나의 꾸준한 관심사였음을. 그리고 기록과 기억은 나에게 있어 동의어임을.

코로나로 인해 우리의 모든 일상이 송두리째 변하기 시작할 무렵 「당신이 좋아할 만한 영원」을 썼다. 우리의 세상이 얼마나 연약한지 생각했고, 그래서 더 소중하다는 사실을 새삼 절감한 시간이었다. 무인우주탐사선의 독백을 꼭 써보고 싶었는데 좋은 기회였다. 플래시소설이었던 오리지널을 개고하면서 내가 '소설' 못지않게 좋아하는 것이 '과학'임을, 과학이 바라보는 무한하게 크거나 작은 세계에서 매번 위로받는다는 것을 다시금 확인했다. 「일식」은 작품 말미에 밝힌 것처럼 한국어로 쓴 뒤 번역 과정을 거쳐 지난 5월에 영문으로 먼저 발표되었다. 온갖 디바이스들이 양산하는 개인 기록이 기억의 의미를 바꾸고 있다는 절감, 이 변화가 우리를 어떻게 바꿀 것인지를 향한 질문을 담았다. 돌이켜보니 내가 새로운 일에 도전할 때마다 함께하고 있는 번역자 오윤성 님에게 많은 도움을 받았다.

도움받은 분들의 목록은 두서없는 내 이력과 경력의 서로 다른 길목에서 마주친 인연을 나열한 것이기도 하다. 마흔 살에 작가가 되고 나서야 나의 산만한 궤적을 꿸 만한 갈피가 '이야기'임을 발견했다. 무심해 보이는 사실들에 담긴 간절한 마음과 맥락을 이야기로 짓는 능력이 인간을 인간으로 만든다고 믿는다. 이야기를 하나씩 마무리할 때마다 점점 더 강해지는 그 믿음이 나에게 큰 힘이 된다.

내 날개를 떠받치는 무엇보다 힘찬 바람은 언제나 부모님, 그리고 혈육과 제도에 의해 나와 가족으로 맺어진 이들이었다. 모두에게 말로 다 전할 수 없는 감사와 사랑을 보낸다.

수록작품 발표 지면

1. 마지막 로그 : 제2회 한국과학문학상 가작 수상작, 『제2회 한국과학문학상 수상 작품집』(허블, 2018)

2. 단어가 내려온다 : 《문학광장 문장 웹진》 (2019.07.)

3. 분향 : 한국과학소설작가연대(SFWUK) 포트폴리오 카드 프로젝트 참여 작품 (2018)

4. 미지의 우주 : 『우리가 먼저 가볼게요』 (에디토리얼, 2019.05.)

5. 행성사파리 : 《크로스로드》 (2019.09.)

6. 당신이 좋아할만한 영원(원제: 혼잣말) : 《월간 디자인》 (2020.04.)

7. 일식 : 미발표작

단어가 내려온다

ⓒ 오정연, 2021, Printed in Seoul, Korea

초판 1쇄 찍은날 2021년 6월 7일
초판 1쇄 펴낸날 2021년 6월 16일

지은이	오정연
펴낸이	한성봉
편집	하명성·신종우·최창문·이종석·이동현·김학제·신소윤·조연주
콘텐츠제작	안상준
디자인	정명희
마케팅	박신용·오주형·강은혜·박민지
경영지원	국지연·강지선
펴낸곳	허블
등록	2017년 4월 24일 제2017-000050호
주소	서울시 중구 퇴계로30길 15-8 [필동1가 26]
페이스북	www.facebook.com/dongasiabooks
인스타그램	www.instagram.com/dongasiabook
트위터	twitter.com/in_hubble
전자우편	dongasiabook@naver.com
블로그	blog.naver.com/dongasiabook
전화	02) 757-9724, 5
팩스	02) 757-9726

ISBN 979-11-90090-45-2 03810

※ 이 도서는 2021년도 한국문학예술위원회 아르코문학창작기금지원사업에
   선정되어 발간되었습니다.

※ 허블은 동아시아 출판사의 SF 브랜드입니다.

※ 잘못된 책은 구입하신 서점에서 바꿔드립니다.

만든 사람들

책임편집	신소윤
크로스교열	안상준
표지디자인	이기준
본문조판	김경주